郭富山◎著

U0576907

抵
DIDA
达

时代文艺出版社

图书在版编目（CIP）数据

抵达 / 郭富山著. —长春：时代文艺出版社，2018.3（2023.7重印）

ISBN 978-7-5387-5630-2

Ⅰ.①抵… Ⅱ.①郭… Ⅲ.①诗集－中国－当代 Ⅳ.①I227

中国版本图书馆CIP数据核字（2017）第315791号

出 品 人　陈　琛
责任编辑　闫松莹
助理编辑　孙英起
装帧设计　孙　利
排版制作　隋淑凤

本书著作权、版式和装帧设计受国际版权公约和中华人民共和国著作权法保护
本书所有文字、图片和示意图等专有使用权为时代文艺出版社所有
未事先获得时代文艺出版社许可
本书的任何部分不得以图表、电子、影印、缩拍、录音和其他任何手段
进行复制和转载，违者必究

抵达

郭富山 著

出版发行 / 时代文艺出版社
地址 / 长春市福祉大路5788号　龙腾国际大厦A座15层　邮编 / 130118
总编办 / 0431-81629751　发行部 / 0431-81629755
官方微博 / weibo.com / tlapress　天猫旗舰店 / sdwycbsgf.tmall.com
印刷 / 三河市嵩川印刷有限公司
开本 / 880mm×1230mm　1 / 32　字数 / 220千字　印张 / 8
版次 / 2018年3月第1版　印次 / 2023年7月第3次印刷　定价 / 42.00元

图书如有印装错误　请寄回印厂调换

富山在诗歌写作的道路上，已经探索多年，对诗歌境界的追求，已经成为他经年累月重要的精神支撑。

他的笔尖，就是心思的流露。起笔之处是具体的、可感的，甚至就是我们目光所及的日常生活。他写从出租屋搬来搬去、茫茫人世里的无助和飘零；写已经昨日不再、落寞萧凉的小学、从静谧的墓地到看上去热闹的大排档，诗人的眼睛，关注的是人间冷暖，是苍生的疾苦。殷殷之情，拳拳之心。我们在他的写作里感受到了诗人的敏感。那些生活细节里弥漫的疼痛和怅惘，恰恰包含了对未来的祈祷和期盼。

这些带着痛感的文字，是一个诗人对苍茫世事的体察和感悟，是美好和忧伤。这是诗人郭富山用文字呈现的心事，这其实也是写作的意义。

著名诗人、鲁迅文学奖获得者、黑龙江省作家协会副主席　李琦

郭富山的诗让我想到专讲辩论之术的《鬼谷子》中的"飞箝"术，是说用飞扬激昂的情感打动对方，使其露出马脚并紧紧钳住。富山的诗激情飞驰，有时催人泪下，但其主旨是对丑恶的批判和美好蒙尘的悲悯。所以他的驰情是为了逮意，或者说他深刻的思意让他的情感汹涌浩荡。他有真功夫，能在庸常的事件中生生地挖出金子来，一句比一句惊奇，一句比一句有力，且让人的感觉一揪一揪的。这就是创造，就是对语言和心智边界的开拓。更重要的是在超常想象力语言的背后，是一颗对卑微者怜爱的拳拳之心，这让他的诗有了可贵的温暖。表明郭富山是这个残缺不全的世界里有着好心肠的诗人，这让所有的技艺都有了魂和核，两者结合，他的诗就真挚而生动，素朴而优美。

中国诗歌万里行副秘书长、著名诗人、理论家、《中国文人书画》主编，《诗歌地理》副主编　李犁

郭富山的诗歌，在某种程度上保留了一个乡村少年的良知与天真，一个青年的勇猛与锐利，一个成熟的中年人的反思和诘问。他把这三种情绪比较完整地弥漫在他的诗歌创作里，交相辉映，相映成趣。阅读郭富山的诗歌，不能只剖析一首，应该深入地读他的大量作品，才能感受他的诗歌中的力量与气度。力量，气度和向内的挖掘与向外的爆裂，形成了他作品的独特气质。在他的诗句里你可以找到很多通道，抵达不同的思考空间。那些触动心灵的词语我相信是他历经五十年的时光，一个个孕育的，而不是灵光一现，而不是信手拈来。这就有了一种庄严感，仪式感，崇高感。而这些，直接形成了他作品的辨识度，也就是与众不同的风格。与众不同，在当今诗歌创作现场是一种难得的品质。因为他的诗歌，我记住了这个诗人——他一直在他的诗歌里呼唤灵魂的高贵。

抵达
DIDA

　　《解放军文艺》主编、著名诗人　姜念光

朝闻道夕死可矣。孔子之意在于闻道之重要。未曾闻道而拼命向某一路径狂奔，则离道愈远。所谓南辕北辙者，说的就是他们。未曾及门的写诗人多在此类沼泽中辗转挣扎，尤其已至中年者，获取新生之机更难，因为杂质与经验早已弥漫骨血之间。郭富山君，知礼有断，地处文化与生理之双重边地，不仅突围桎梏及门，且其健壮之足已迈至诗之风景中。其批判社会之意识，之技艺，不仅两两匹配，而且严峻而容阔。某些句子俨若门内多年锻炼之青丸。至于个人之诗亦不乏豪健之情感。积习或累其贴于冬之地面，乃至反复之间，将各种南北影响焊铸于坚固理念之中。可以想见，困难与契机皆在争取他的加盟，而他亦以沉思为善器，反思各种问题。此式犹如电源开关，灿烂之召如在耳畔，值得期待的细腻及空白数值亦在眼前。时不我待，富山君勤勉获力，或将蔚为大观。

著名诗人，学者、理论家、翻译家　桑克

目　录

001 / 这个冬天我再次搬出租来的家

003 / 销毁

005 / 审判

008 / 救赎

010 / 问路

012 / 那时小
　　　——写在母亲节之前

014 / 母校

015 / 冰凌花

017 / 冰窗花记忆

019 / 藏

021 / 遥远的禅意

023 / 此刻

025 / 7月15日我在幸福大街与你相遇

027 / 北方的春天绽满生命的颜色

029 / 北方海岸冬泳者

031 / 不排除我是主谋

嘀
DIDA
达

033 / 仓皇间落红一地

035 / 苍天，请给年轻的生命一个交代

037 / 超度快感

039 / 潮立在生命的起点或是终点

041 / 除非

043 / 定位

045 / 呼吸，请旋紧鼻翼

047 / 接力棒

049 / 面子

051 / 我是小你两岁的兄弟

053 / 关于泪水

055 / 关于时间

057 / 关于粮食

060 / 那个世界我还能不能感受你的体温

062 / 丢失的记忆

064 / 趋势

066 / 仿佛是一场演出

069 / 基因驾驶着我们的肉体一路狂奔

071 / 感谢诗歌

073 / 高度

075 / 归乡的路上我迟早会和你重逢

077 / 即便如此，我还是愿意在下一个路口等你

079 / 多彩的世界需要松绑

081 / 魔术助演

083 / 哪段基因是我生命的辉煌

抵达
DIDA

085 / 呐喊无声

087 / 拼爹时代

089 / 强拆

091 / 土地、土地

093 / 我看见

095 / 与被天空和梦想遗忘的种子对话

097 / 现实

099 / 以诗歌的名义许个愿

101 / 错位

102 / 有一种痛，在呜咽

104 / 与我青涩的童年对话

106 / 致空门中的李娜

108 / 骑手丹青
　　　——致著名国画大师吴团良

110 / 追随图腾
　　　——致赫哲族鱼皮画传承大师张琳

112 / 长鹰的眼睛已然锁定远方
　　　——送刘杨同志赴京高就

114 / 献给诗人及喜欢诗歌的傻瓜们

116 / 来自伤口的祈愿

118 / 想到这些，我不寒而栗

120 / 写给往事

122 / 与女神同行的日子

124 / 元月二日我用诗歌唤醒文字

126 / 行走在历史深处

抵达
DIDA

128 / 冬雪

130 / 挥之不去的那些老歌

132 / 那个狠心离开我的人一路走好

136 / 小镇记忆（组诗）

142 / 发将如雪，犹念少时一梦

144 / 活回去

146 / 江湖那么远，如何忘

148 / 午后

150 / 画像

153 / 这样的大片，请问谁是导演

155 / 墓碑上的蚂蚁

156 / 祈祷

157 / 午夜，是一把锋利的刀

158 / 今夜，请允许我烂醉一场

160 / 定是前生的约

162 / 8月26日气温突然有些冷

164 / 分手

165 / 何尝不是一朵云烟

167 / 命

168 / 走过大排档

170 / 宿迁印象
　　　　——作于宿迁乾隆行宫

172 / 柳琴戏

174 / 窑湾古镇

176 / 这夜，我什么都不去想

抵达
DIDA

178 / 比你那时还快

　　　——致木心

179 / 午睡

182 / 原罪

184 / 心甘情愿

185 / 专家会诊

187 / 写进我血液里的那个字

188 / 天下苍生

190 / 自问自答皆因无人倾听

　　　——观纪录片《我的诗篇》

192 / 丢失

193 / 告别

195 / 有一滴眼泪总也擦不干

196 / 第八日

197 / 心声

199 / 男性瞳孔

201 / 乱象

203 / 午夜，我悄悄溜上孩子们的滑梯

205 / 决战

208 / 来生，做一回女人

210 / 诘问

212 / 不愿老去

214 / 顿悟

216 / 隔壁的门哐当一声

218 / 家信

抓
DIDA
达

220 / 城市里可以看得见的良心

222 / 春分

224 / 帝国游戏2

227 / 记不得分手是哪一天

229 / 截句一组

231 / 回家过年（组诗）

235 / 南洼村寡妇

237 / 飞机在北京上空徐徐降落

240 / 英雄上路

　　　　——悼侯铁男局长

242 / 后记

这个冬天我再次搬出租来的家

行李，马勺，乱蓬蓬的插线
塞进装有散酒和诗刊的麻丝
袋子，妈妈，我被矮小的房子
租来租去

妻子一言不发，把散落的
日子默默收起，把极易磕破的
情绪小心包裹

搬家的板车不是娶亲的花轿
她早已忘记了做新娘时
那短暂的风光

孩子在南方的一座城市
把一只提包作为自己的家

妈妈，新租的房子

以及陌生的邻居　两个世界

妈妈，你为什么不是蜗牛

我喜欢那温暖的壳

多重我也愿意背起

那样，儿子的脊背也不会

时常被北风欺负

妈妈，外面的风很白

我不得不穿行在这雪样的街道

为自己的租来的壳

增添一点儿温度

我也常常在这样的雪中

为像我一样的人们搬家　期待雪

越大越好

那样　我们就可以避免看见

彼此的表情

原载于《世界汉诗》2016夏季卷

销　毁

趁那个人没来之前
销毁所有的证据

销毁跪在地球深处
一块一块挖掘尊严的冤魂
销毁硝烟留给城市的弹孔
弹道销毁成圆舞曲

销毁森林　四季　海水
漫过城市的事实
销毁花花绿绿的钞票　珠宝
哭泣的象牙　饥饿的村庄
销毁账目　摄像头　血的背景
销毁掺夹在良知里的沙子
销毁欺压一个土豆的暴力
销毁对另一张椅子、另一张床
另一副面孔的向往

还有写给地狱的匿名信
按在契约上的手印儿

把十字架涂上撒旦的颜色
佛龛装满各种酒　经书
还给圣明的智者　图书馆的
门钉死　这些也要一同销毁
销毁的过程要穿上一件
崇高的外衣　最好借用别人的手
那样就可以为明天
打造一副干净履历

看起来一切是那么美好
焰火上的舞蹈　彩虹下的笙歌
可能在随处发生

糟糕的是那个人早就来了
糟糕的是那个人比生命来得还早

审　判

肃立，屏息，仰望天空
以金属锵锵的磨砺声开天地之门
窃国的王和窃谷穗的麻雀一起进来
布鲁诺和烧红的铜柱一起进来
方舟和海啸一起进来，毒气室的阀门
和鲜花上的露珠一起进来，还有
那么多看不清容颜的绅士和土著，都一起进来

唤失去头发的山峰
渴死在半路的溪水
故乡陷落的候鸟，戴着口罩的鱼
出来作证，吸过血的蚊子
沾满蚊子血的手
也要出来对质

出示扭断的禅杖，碎裂的钵盂
掀翻的马槽，烫伤的刺刀

绑架的绳索，掘墓的铁锹

燃烧的子弹，流泪的纪念碑

慰安的长夜还有蘑菇云下

惊恐的骨趾

蜗居里打折的爱情

蒹葭边独坐的伊人

垃圾场里藏身的命运

黄沙掩埋下的绿洲

魔鬼拐卖的天使

瘦成笔尖的诗人

通通都要前来旁听

洪荒中第一个站起来端详天空的那个人

端坐在蝴蝶翅膀上唱歌的那个人

带领三千弟子从尘土走向庙宇的那个人

把江山枕在头下，与岭南女子彻夜谈情的那个人

把战火烧遍世界的那个人，带领十二门徒

从荆棘中走过的那个人，菩提树下

大彻大悟的那个人

还有这个星球所有经历的往事

都要一起来

持烽火而来，踏莲花而来，乘各种传说
和变形的文字穿越时空而来

你们可以尽情辩护，你们是
你们的律师，黑夜牵手朝阳
闪电溶进彩虹，盾牌紧搂着矛
它们不会给你们代言

天已明亮
晨鸟开始唱歌
鹅卵石开始亲吻小溪
有请审判长入庭

原载于《人民司法·天平》2016年第8期

抵达
DIDA

救　赎

把春风还给春天
鲜花还给蝴蝶

把羽毛还给翅膀
湖泊还给沙丘

把纯净还给天空
阳光还给蝼蚁

把洁净还给夜晚
爱人还给爱情

把稻穗还给秧苗
琴声还给知己

把尊严还给膝盖
道路还给脚掌

把纪念碑还给英雄

公平还给秤

把经书还给信徒

虔诚还给祭坛

把狼烟还给烽火

平安还给家书

把天还给地

把地还给天

把天地还给人心

问　　路

直行，上坡，右转
右转，再右转，春天就到了
那是通往下一个春天的
必经之路

你经过的路上空空荡荡
郁金香的花期不是你的
苍山抱着的洱海不是你的
朝服和顶戴不是你的
腮边的香吻不是你的

你认出身边和死神攀谈的老婆婆
就是你年轻时梦想送花的女孩儿
你发觉小时候用弹弓
击中的麻雀，其实是一盏路灯

路标漂浮在一杯烈酒里

脚掌把道路磨得血肉模糊

你出生时带来的水干成了盐

你说想去趟耶路撒冷

马路边，你的影子在画圈

问路的人陆续向你围拢

原载于《世界汉诗》2016年夏季卷

抵达
DIDA

那 时 小

——写在母亲节之前

那时，瘦小无力
铲六百米长一根的垄沟
我比锄头还愁

那时，嘴很馋
母亲喂了一口猪
吃肉总要等到过年

那时，不够大方
见到漂亮的女同学
总是难过自己短小的裤脚

那时，不够恋家
看到邻居家的白面馒头
常常心生羡慕

抵
达
DIDA

那时，四叔去武汉当兵
年画上紧握钢枪的战士
我都以为是四叔

那时，最喜欢小人书
七分钱一本的《青松岭》
就只买过一本

那时，吃完饭就跑出去疯玩
母亲熬夜做的一双虎头鞋
我穿一个晌午就丢了

那时，觉得母亲是全镇
最能干活的女人
现在镇上的老人
还都这么说

那时，觉得母亲总是会那么
年轻，花白的头发和弯曲的腰
一切，都告诉我，那时
不在了

母　　校

旗杆上挂着的半截犁铧不见了
少有笑容的校长不见了
一头粉笔灰的老师不见了
操场上蹦蹦跳跳的孩子不见了

旗杆上的犁铧哪里去了
犁铧在小学老师家的酸菜缸上
小学老师哪里去了
小学老师去卖酸菜馅饺子了

操场做什么用了
操场让留守的校长种黄豆了
操场上的孩子哪里去了
孩子都去城里打工了
孩子们打工做什么
挣钱。挣钱做什么
挣钱让他们的孩子。上学

原载于《琥珀诗报》2017年10月

冰　凌　花

我想那女子　她就绽放了
连同北方早熟的心事

你选择三月　选择扬州烟花
飞满天下的季节　随一位
诗人远道而来　笑傲冰雪

北方的少年只要轻启门扉
就会有一场春梦接连滑出

那女子　我写到你时
你早已离开北国　怀
六甲般的诗稿　一路向暖

春天的脚步一路追来
远远地看见你的背影
浑身就酥软了　借一树梨花
把自己的身体绽放

我梦见你时　你已飞上了

天空　衣袂霞染　兰花如脂

丝毫不理会你身后

夏花如菊

原载于《海燕》2016年第10期

抵达
DIDA

冰窗花记忆

是谁呢？绕过山谷　城市
绕过每一个寂静的夜晚
如约　来到茅屋窗前
用天使的手
抚摸东北一家人白色的呼吸

是谁呢？小心扫去玻璃上的积霜　寒冷　隔夜的叹息
把山水展开　让她的孩子在这个冬天充满童趣

是谁呢？把小小的掌印贴满融化的窗花
左边弟，右边妹
让永不分开的誓言在风中淬火

是谁呢？微明中
穿过窗台前的椰树　芭蕉
以及秘不可知的命运
给圈里的牛添一把新铡的干草

把满院子的寒风揽在怀中

把煮饭的柴火抱给炊烟

原载于《人民司法·天平》2017年12月

抵
DIDA
达

藏

世界藏于眼睛
黑夜常开黑色的玩笑

季节藏于树叶
绿色尚未砍伐

焰火藏于野草
重生尚未点燃

生命藏于一把锁
密码挑战种子的记忆

谎言藏于热情
拆穿考验勇气

刀藏于笑
咖啡趋于老练

醉藏于酒
一首诗藏于天堂

你藏于他的背后，他藏在江湖
而我，在没有变成一捧骨灰之前
无处可藏

原载于《诗歌月刊》2016年第11期

抵达
DIDA

遥远的禅意

缺少朝拜的日子，窗棂上的花闲散地开着
整个下午无精打采地划过时钟
一只小飞蛾在红尘间看似没有目的地穿行
仔细打量它的前世今生，盘算怎样才能
避开一只没有信仰的手

我和飞蛾对视的瞬间
听到十八层楼下一声蚂蚁凄厉地尖叫
它们在集体抗议蚁界的暴力
我飞落的眼镜砸中了一只慢行的老龟
他用历史的眼光审视了我血色的基因
与我曾曾祖父的脉络大体相同

不知谁在遥远的天外负责记录
这有声与无声的世界，这功与过
罪与罚，前赴后继的哲人在老龟的眼前
胶片般划过，龟生和人生

谁来做最后的评价，也许我们在笑他蠢笨的
时候，它正在悲悯的原谅着我们的无知
趁着这只老龟还未发怒，还未颠覆
我们曾经认知的逻辑
我赶紧和这只小飞蛾做一次世纪的话别
也许下一个世纪，他会做骄傲的人类
我开始演绎今世这只飞蛾

原载于《天津诗人》2015年秋之卷

此　　刻

马儿在草原跑成了风，格桑花
独自开在路旁

狼在分享晚宴，有一个家庭
彻夜难眠或者发出撕心裂肺
兔子的哭声

一条腿被鳄鱼死死咬住
生命的世界仅剩绝望的摇晃

一切都在我们身边发生
正在不可避免地发生或者消失

下一刻会发生什么，会怎样
发生，设计它的先知也未必知道

抵达
DIDA

我们所知道的是，此刻
我们以朋友的名义拥坐在一起
用一杯酒的温度温暖着对方

菜品不必太多，人数最好三五
可以畅想一下未来，也可以谈谈过去
可以从收获一株野草
说起，也可以从失去一片土地结束
可以吐成满地星斗，也可以
在清晨找回天上的牛。此刻
灶膛的火光已经把瞳孔点燃
此刻的灵魂更接近天堂

如果有情不自禁的歌声，请在
这一刻唱起。如果没有，请端起
搪瓷缸子，把这一刻，一饮而尽

7月15日我在幸福大街与你相遇

灰旧的衣衫上面挂着你们生活的牌照
黑红的脸庞暗淡了你们焦灼的眼

在幸福大街的街口我目睹了你的身影
站在生活的墙角，你们和黎明一起等待

通下水道，刮大白，接通城市的愿望
把岁月沉积的梗阻一一清除，而后
你让你的孩子穿上鲜亮的衣装走进
你心目中的殿堂，让你的妻子在广场上
和路灯一起开心的舞蹈

你没有办法洗去身上的沉淀已久的汗味
你已不在乎城市向你投来什么样的目光
你只知道家乡，那遥远的家乡，年迈的父母
缕缕白发还在热浪翻滚的田野间片片飞落

没有人关注你在小酒馆中如何用二两散白
打发你空闲的人生和连不成圈子的友谊
你的期待随着年轮的增长艰难的放大
我在你的肩膀上看到了大写的担当，以及
让城市腾飞的也让自己飞翔的跑道
幸福大街是我思想时常驻足的风景

午夜昏黄的灯光下，你朦胧地寻找着自己的租屋
在你的醉眼下面，城市和乡村往往没有什么分别

北方的春天绽满生命的颜色

绿意开始渐次登场，柳丝柔软
而优雅，间有迎春花朵妩媚期间
白山黑水之间踏春的脚步声
愈加蓬勃有力

雪色的印记慌忙隐于相册之中
给母性的春天退让硕大舞台
把所有在冬天不幸冬眠的心灵唤出
古屋、山阴以及带着冰凌的溪水
连洞穴都会爬满鲜绿的思想

蝙蝠闭着眼睛倒挂在传说之中
欣赏被牧笛吵醒的
一只浣熊在热烈的舞蹈
燕子即将到达，去年的行宫
在北方的屋檐下依旧热烈的期待
人们开始出行，赶往杏花村的路上

轻装的男女敞开暖阳畅饮着春风

一切都和生长有关，拔节的树苗

鼓胀的青春，都会在春雨中

洗去经久的尘埃，少男少女鲜活的

面容，绽满城市和乡村

每到这个时候我都想对着春天的话筒

说点什么，可总是找不到比生机

更恰当的词语，不远处

父辈的耕锄早已跃跃欲试

一准儿和大地进行经久的交谈

探讨今年的麦地，怎样长满希望

原载于《人民司法·天平》2015年第12期

抵达
DIDA

北方海岸冬泳者

你的叔叔在海潮退走之后
孤零零的二十岁漂在海岸
他不能说话不能挥臂不能
再为你去拾海螺
（他的水性可是远近闻名啊）
妈妈于是在墙上给你画了一面帆
你就整日摇着童年的橹
彼岸是你无法承载的痛

生锈的目光
终于挑不起一个黎明
紧绷绷的身躯
再也不是一支童谣所能诱惑

你不会从妈妈拍你的歌中
拾起那支没有风浪的梦

后来，你背着妈妈去冬泳了
你说海的儿子离不开海

原载于《春笋报》

抵
DIDA
达

不排除　我是主谋

三月的冻雨袭击了五月的花苞
我的诗歌遭遇了黎明前的绑架

多年以来
我一直都在微弱的营救
金币在酒吧里放声歌唱的夜里
我清晰地听到散落的文字
低声啜泣

意境被毫不犹豫的折断
有盛唐的血脉闪烁期间

盛满霓虹的美酒醉眼迷离
诗歌在营帐外伴着篝火独舞
劫匪拒绝赎金
这次行动
只是对阳光以及花朵

一次有预谋的报复

无语的呼救之后我绝望的发现
劫匪中隐约藏着自己的身影

幸好　还有一些营救的身影
在雪野中匍匐前进

原载于《东三省诗歌年鉴》（2010-2014年卷）

抵
达
DIDA

仓皇间落红一地

蓦然发觉我激昂的词汇是秦筑长城
时掉落的一块青砖，陈旧的棱角
浸染文字的挣扎和无奈

青砖与烽火连接处
塞满历史，泛黄的书页
有小篆疯狂的舞蹈
马蹄声演化成宋体的肌理
我的文字在你的艳丽中轰然老去

意念在长城脚下
曾很鲜艳的开放
而，夜晚，文字冰冷
找不到一块有温度的版面
让我藏身，我的关节没有节奏
任何绝望的逃避
都难言生命的苍白

而你的诗歌在四月的草叶间幽美的

绽放，没有一点儿负担

漫山遍野都流淌青春的味道

娇嫩的显摆颈间的露，孩子

我的视野丈量不了你的维度

老去的词汇原来是岁月迸裂的豆荚

一任年轻的含义洒脱而疯长

在你矫情而温婉的抒发后面

我醉酒般地眯起眼睛

亘古的长天当知

我是在多么骄傲的败退

原载于《岁月》2015年第12期

苍天，请给年轻的生命一个交代

我相信你们的眼睛此时还在
哈尔滨的上空大睁着，你们不忍心
看见城市的伤口在一天天的恶化

也许就在昨天，你们还刚刚
向妈妈报过一声平安，也许
就在昨天，2015年新年钟声敲响的
瞬间，你们刚刚向女友坦露
羞涩的情怀。也许就在昨天
你们还和战友偷偷地探讨你们未来的
孩子，长大后是个什么模样
他们的爷爷牵着鲜嫩的小手
眉宁间是多么的开心与舒畅
也许就在昨天，你们还在设想
把未尽的学业尽快补上，也许就在
昨天，你们还在为城市的平安
做无比虔诚的祈祷

你们从没想过要做一名烈士
尽管你们曾誓言为这个家园
随时奉献自己的花样年华

善良的人们透过双双泪眼
在大篇幅报道中
试图找到是谁把你们年轻的生命
推向了漆黑的深渊
正义的人们也在不停的追问
是谁让年轻的生命变得无足轻重

在公利和私欲的车头抢占黄线的时候
是谁为见不得人的关系大开了绿灯
在生和死的通道需要人性规划的时候
是谁一把堵死了生的权利

长街在哭，旷野在哭，连融化的钢筋
都在迸发泪水，五个年轻的英灵一路走好
请相信苍天，会给你们一个公正的交代

超 度 快 感

夜晚在你的狂吻之下
散发着暧昧的邀请
我不得不说　激情
是一朵无法取代的
罂粟

生命的胀痛是一种极其年轻的
状态

激情四射　所有的
纹路压缩
在深秋的一片叶子上
在树梢绝望的挽留中
瑟瑟抖动
回忆如潮
以告别的方式
留在天空与大地的誓言中

当然，也会有一片

叶子挣脱红尘

穿越一个小女生的日记本

飘落

而所有的一切

都可以用一张挂在墙上的黑白照片

来形容

彩色的诱惑

属于故事之外

抵达
DIDA

潮立在生命的起点或是终点

还有什么不能对你敞开，既然生命
来自泥土复归泥土，如果精神
可以比肉体存活的更久，也不过是小草的
精神，小溪的精神，逆流到海洋产卵的
某些游鱼的精神

我的脚印覆盖了有限的空间，而这空间
已被过往的英雄盖上了历史的烙印
墓碑还在增加，新生儿的瞳孔
阳光一般射向人间　歌声回旋
在朝圣的路上，演奏者
立于云端，彩虹一般的诱惑

原谅生命的不辞而别，水滴离开大海的
时候也没有轰轰烈烈的告别
这世界无时无刻不在告别
对年轮的依依不舍使我更快的接近天空

而天空，堆满了我的奇思妙想
我无法制造更曲折的情节丰富我的故事
以及不可避免的雷同，就拜托故乡
那历尽沧桑的山坡、河流连同原野
尽最大可能，记住她远行的那个孩子

原载于《人民司法·天平》2016年第3期

抵达
DIDA

除　非

34路公交车下奔腾着拥堵的尾气
某些人在为独享一个座位暗自庆幸
嘴角傲视所有拼命想挤到自己身边的人

除非你是借着星辉诞生在某段岁月的某二代
除非你吸进的是雾霾呼出的是纯净的空气
除非有露天的金矿无偿武装你的人生
除非有虚构的荣誉去辉煌你的履历
除非你藐视法律像坑爹一样随意
除非你像成吉思汗一样生在
那个特殊的年代，除非

否则，请闭上你那尊贵的嘴
谁证实我没有排队径直踏上了班车
是谁打乱了最初的规则

我

身下的座椅没有半点的巧取豪夺

我在艰难排队的那个年代

是谁

为自己的专列铺就了美丽的轻轨

抵
DIDA
达

定　　位

诗意的天空

以及醉眼下的马桶

眼角浸出的血痕

都刻在一张老唱片的

包装上面

每天晚上　我都以这个姿势

抵制黎明

粉红色的心脏

在昏暗的音乐里绽放

醒来　不知道谁

收留了我昨夜蹒跚的

心事

时常感觉　离我最近的那个人

我需要吃掉她

海在小河面前

总是财大气粗

直到我把没有来得及整理的

生活飞碟般投到海里

那些礁石下的苔藓

说它懂　我的心事

我必须以一个成功的面孔

出现在城市的广告牌上

除此

我的价值

无人问津

抵
DIDA
达

呼吸，请旋紧鼻翼

十一月公园里绽放的花蕾
是季节的严重疏忽
北方的冬季
在没有温室效应之前
从来眉头紧锁

城市依然是雾霾的新家
有红色的警报焦灼的过滤
市民的情绪

行走在瘫痪的公交车下
与一场霾追尾

广告牌上时常伸出一只
冰冷的手
信任　常常被掏得
空空荡荡

城市赐予市民荣誉

赐予风光

也赐予扼杀生殖的惊悚

而乡村，洁净的乡村

依然在大量繁殖茂盛的草根

而后　用尽一生的痛

挤进城区

原载于《诗林》2014年第2期

抵达
DIDA

接　力　棒

儿子　我只能告诉你
问题就出在问题的本身
月亮的隐私被飞舞的舌头蹂躏
结论分明的战场只有唾液
在胜利的飞舞

眼睛不止一双，而更多的眼睛
只负责一次次翻拍
黑暗排斥明亮的瞳孔
有一双白腿年轻且生动
在无耻的视线中骄傲的笔直
羊毛肚手帕和烫金的毕业证书
无声地钻进箱子夹层
逼仄的招聘启事彩色其中
这个世界我不知该怎样向你描述
在过山车下拣回了狂跳的心脏
我面无人色，儿子

你必须站在我的肩膀才能看的稍远
在你挥手送别童年的时候
我后悔不应该强力地制止

走吧，走你选择的方向
你的爷爷没有告诉我，在夜晚
如何漆黑的逃生
我能告诉你的，就是希望
你，所有脚印
不再回荡我的呻吟

抵达
DIDA

面　子

这张时而薄时而厚
时而无却有的皮肤
一直站在我人生的前沿
是蒙在我头骨前面最顽强的器官

那上面记载了数不清的冷冷暖暖
我拼尽全力只为他尊严的光鲜
而他却让我的精神常常接近贵族
或者乞丐

在某个盛满回忆的子夜
一条伤疤恰到好处地演化成一只唇膏
在夜色的掩护下
肆无忌惮地完美着往事

结局是挂在一面墙上的黑白告别
是一张褪尽了油彩的画布
等待阳光以及后人的描绘

而无人处那副憔悴的表情
常常期待泪水春雨般的冲刷
之后，在一个清晨
顽强地复出
远远的我看见你脸上狡黠的泛着光
你说卑微的器官也要获得高贵的快感

在渐行渐远的赞美或咒骂声中
我似懂非懂地点了点头

我是小你两岁的兄弟

三月间我从以梦为马的梦境

惊醒　泛红的土地半躺在

山谷与铁轨之间　迎接远方的朝拜

马蹄疾驰而去扬起的尘烟散尽

有大小诗人蜂拥而来

在你面朝大海的小屋前

吟唱春暖花开

我看见了贺拉斯　看见了但丁

也看见你们在高坡处指指点点

呜咽的琴声跌落马背

在某一个孤独的夜晚　你的名字

牵动了整个宇宙的孤独

重生比死亡更让人刻骨铭心

片刻的沉寂之后，只有

比遥远还远的风在喃喃地独白

翠绿的太阳挂在果园深处

姐姐　此刻无人采摘

远处的劈柴声在你宣布要做一个

好人时应声响起

如果能早些挽起你的手

我们该是多么亲密的兄弟

草堂之上我们会把饮干的酒杯

豪迈地摔得粉碎　而后

告诉妈妈

我们来了

原载于《诗林》2014年第6期

夜半呓语之一

关 于 泪 水

公开的场合下学者们一直在追问

关于海水的来历，众说纷纭

我在极其私密的语境下告诉你

海水是古往今来的人们泪水汇聚而成

广袤的蔚蓝下面哪一滴

是流给上帝，哪一滴

是流向红尘，哪一滴是赤壁的焰火

流给融化的铠甲，哪一滴是滑铁卢

流给麦城，哪一滴是大渡桥上的铁索

流给英雄

我尤其说不清楚的是哪一滴

是项羽流给李清照的，哪一滴是杜十娘

流给悲愤的观众

我也分不清哪一滴是深邃流给浅薄

哪一滴是胡闹流给无知，哪一滴

是亲人流给背叛，哪一滴

是伤害流给朋友，就连哪一滴是蚊子
流给鲜血，哪一滴是乞丐流给国王
我也分辨不清，我只知道那里
有我真实的一滴
天空不停地孕育着云雨，那不过是
眼泪没有皈依海水前的轮回
学者们，我实在是找不出你们要求的依据
在你们的穷追不舍之下，我只能粗略
告诉你们一个我所知道的原理

不相信的话，请你们用心尝尝
海水与眼泪是不是一个味道

关于时间

好多人坚定地宣称
它来自臆造
比空气还虚无

我看见它和一棵柳树对话
隔着玻璃窗我向它摆手
它一言不发

它穿过一个人的身体
从孕育而进从死亡而出

它穿过事件
让真相变得无足轻重
它让一颗鹅卵石有了
发芽的机会
它让山顶上的事物

在海底抑郁成灰

它掩埋谜底

世界堆满谜面

在我有意无视它的时候

它一头扎进一颗柳树

从绿到黄到泥土

从容而去

留下我一个人

在路口

独自轮回

关 于 粮 食

鹰隼惯于在饿殍的天空下盘旋
苦春的一场厮杀源于去年的绝收
一粒米，足以让饥饿的麻雀
铤而走险

五斗米是一面铜镜，能
照直儒生的腰。富足的田鼠喜欢
多雪的冬天
儒生在积雪尚未融化之前还是
千方百计找到了田鼠的家
把田鼠的粮食以及田鼠都征做了粮食

这丝毫不算悲惨，把自己的孩子交给菜刀
而后含泪烹食陌生的孩子
史书中到处都有这种咀嚼的声音

这一切都源于该死的饥饿

因为饥饿，高傲的公主委身于窝头

因为饥饿，皇帝被庶民斩去了头颅

因为饥饿，高尚变得更加高尚，卑鄙

则变得更加接近无耻

筷子毫不客气地打在一代人的手背，必定

与掉在桌上的饭粒有关，爷爷手托半截空碗

去天堂找他的粮食，父亲被谷仓

未满的恐慌折磨了半生，他们常常从一粒米中

听到哭声，我的儿子

认为这些故事危言耸听，更多的孩子

坚定地相信大米生长在超市

那里到处都有雪白的大米、金黄的薯条

对于高贵的粮食，我们本该虔诚地

把右手伸直置于眉梢或者右手握拳

左手成掌一揖到地，以便让我们的

灵魂与粮食贴得更近

可我们早已离开了稻田，离开土地

停止了生长，和城市一样忘记了乡村

忘记乡村把城市逐一喂大，塔吊不是

城里的庄稼。遗忘的事实在高楼间
被极力掩盖。而乡村在一场早霜抵达
村口之前早已把膜拜捂在掌心

母亲决意离开城市回到她的稻田
隔夜的米饭成为垃圾的生活，她无法忍受
所谓亚硝酸盐的理论征服不了母亲
因为饥饿而渗入骨髓的记忆

哪一天我们人类的母亲
会不会也一时寒了心
转身离去

原载于《北大荒文化》2017年第3期

抵达
DIDA

那个世界我还能不能感受你的体温

那个时候，我们一定是走到了
我们曾经相约的地方
无论是你在前面
还是我在前面

默默伫立在墓碑外面的是我们
唯一的儿子，他的身后还会站着
他的孩子，延续生命的使命我们
已经完成得相当漂亮，此生无怨无悔

孩子们不知道我带走了这世界
全部美好的记忆，去与你的故事相伴

亲爱的，我还能不能如今生一样
拥抱着你的体温以及半生的温柔
还有那一直没能分清对与错的争吵

墓地在我们的印象中会是冰冷冰冷的世界
我们说好先去的人要负责为留下来哭泣的人
继续暖床。如此我们没有了恐惧
相信爱情可以从瞬间走向永恒

孩子，放心的留下你的鲜花，挽着
你的爱人去继续创造永恒吧
在那个世界，即使我感受不到
你的体温还有心跳
我也坚定地相信，那就是另一个世界
给我们准备的温度

原载于《人民司法·天平》2016年第1期

抵达
DIDA

丢失的记忆

处女膜是老城墙上
一道浸满故事的木栓

城门洞开
木栓的命运
被轻描淡写

这是一个婚姻与处女膜
无关的年代
惯于窥探真伪的红布小被儿
在故事中被删节

那个符号所代表的意义
已经给那个时代殉葬

由此洁白的大腿

在自由的绽放

廉价的快乐

在到处蔓延

趋　　势

一只苍蝇 一只黑中显现绿色的苍蝇
此刻 正顽强的伏在面前的电脑屏幕上
用她那数不过来的复眼轻蔑地看着我

抵
DIDA
达

无奈我的双臂无力
从前它会被我的手掌迅速处决
而今 这只苍蝇它了解我
它在进化
我现在能用的就是我的鼠标
指挥屏幕里小小的箭头 无声的
快速移动 对准苍蝇所有软弱的地方

有了这个小小的鼠标
人类几乎无所不能
它已经取代了我们的思想
取缔了我们的书法我们的钢笔

取代了我们的四肢以及功能
甚至一枚导弹的轨道和落点
都集中在一只鼠标上面
我们只有一只鼠标可以信赖

那些坚持靠四肢奋斗的人
只能用脊背阅读昏黄的天空
那只苍蝇仍伏在电脑的脸上
毫无忌惮的和我探讨关于进化的话题
而坐在它对面的那个叫郭富山的家伙
手里紧紧握着鼠标，满眼愤怒

除此
我束手无策

仿佛是一场演出

隔着一层水做的幕
我已经偷看了您很久
您在企盼大幕拉开时的表情
真实而又紧张　幕后的我
神秘而又令人期待

那张海报是否真实　里面
添加的成分是否经过　精心
计算过　你不知道
却信誓旦旦地
和周围的人保证演出精彩的不可替代
我在您的传说中　被大大的神话

我隔着水幕看您的时候
演出的序曲还没有开始
我的演出能否成功取决诸多因素
最不能缺的就是您的掌声

抵达
DIDA

五十年前您就开始预备

给我鼓掌或站起来为我欢呼

是您给那个辛劳了一辈子的导演

选择了陪伴我一生的旋律

我的演出由此倾注了您一生的心血

直到你须发皆白倒在我无奈的视野里

我才完全读懂您的苦心

我的表演其实早已经开始

您一直是我最忠实的"粉丝"

那个信任了您半生的导演

也就是我现在独居的母亲

自你走后再也没有了曾经的欢乐

燃烧在她瞳孔里的　是我

带给她的火苗　忽明忽暗

让我知道您是多么的无法替代

父亲　我辛劳了一辈子的父亲

我从来没有给您写过一首诗

直到您悄悄地离去

我才知道　我一直

都是您的作品

我现在是多么渴望那些曾经不成功的演出

能再次退回幕后

或可以让我在幕后阅读您的眼睛

哪怕只是一瞬

我无法评价我的表演

也再没有机会了解您的感受

我只知道　此刻

我也坐在台下

我不知道台上的那个人

是不是也在偷偷地看着我

我真诚的希望　台上的那个人

我的儿子

你能成功

基因驾驶着我们的肉体一路狂奔

父亲是祖父的翻版，我是父亲的
翻版，儿子是我的翻版

先辈在如烟的记忆中远去
背影已淡成水墨一般缥缈
线索潜伏在画卷之中，牵引
我的视线，一路走来并且走去

如此说来基因是最大的胜利者
他们穿越肉体传递着最初的设计
以不同的形态收获着各自的体验

所谓灵魂不过是基因释放的一种信号
无论肉体经历了什么样的快感或者摧残
或者死亡，或者打满什么样的烙印
基因都成功的潜伏在生命的链条之中

基因驾驶着我们的肉体一路狂奔，我们被

图谱控制着，我们的各种感受丰富着基因的记忆

我尤其弄不清基因指挥我们的身体是实现谁的目的

在我试图发现它的动机之前他早已成长

在儿子的身体里伺机而动

我模糊地认为基因是祖先给后人的约定

只是我还一直没有搞明白，那个

叫DNA的东西和我们经受的命运是个什么关系

不过，在我扒开基因之外的躯壳以后

我仿佛清楚地看见了造物者诡秘的笑容

原载于《琥珀诗报》2017年10月

抵达
DIDA

感 谢 诗 歌

断发如鱼，黑里掺着白
长里夹着短，漂浮在如雪的浴缸里
和老死的时光告别，四周
都是镜子的张望，窥探我的回应
一九六七年开始经营的土地
不敢有半点荒芜，而今
谁都可以清晰地看到我头顶缺失的苗

终于想起它是和眼袋一起
到访的嘉宾，与它们同来的
还有玉树临风的血压，饱含甜蜜的
血糖以及相继离去的牙齿
它们在路上已经密谋
要合力把鲜红的童心嚼碎或者
铲除。它们还要剥夺我荣光的权利
试图要我停留在生活的浅层，担心
生命的真相被挖出，它们

甚至想把我拖到郊外无人的风中
撕碎，随滚滚浓烟散尽

此刻，看着它们躲在我健康的影子
中无奈的哭泣，我会心的向诗歌
拱起了手

原载于《北大荒文化》2017年3月

抵达
DIDA

高　度

以一个高度审视另外一个高度
结局很意外

高度是一个难以想象的比较
有独钓的老者在水墨中沉思

高度深藏于众生的仰望
在我描述它的时候
淡定且从容

高度　无声无息
盘膝而坐
让我的呼吸无法囚
平庸而平静

高度是使人绝望的上升
是清冷的比较

抵达
DIDA

掌声越来越让人麻木
稀稀落落的喝彩挑战结局

高度孤独地行走在云端
一只草鞋遗落在民间

高度在没有成为高度之前
其实和我一样　在仰望

抵达
DIDA

归乡的路上我迟早会和你重逢

故乡的小花隔着昨夜的露珠阅读
一张陌生的脸，似曾相识

送我出村口的那朵花至今摇曳
在我久居城市的梦中，愈发清纯
我经年负重的灵魂从不敢触碰
那怯生生的花蕊

花朵和镜子本没有共同之处
我却在花朵中清晰地照见了自己
一张被岁月腌制的脸
散发着欲望和挣扎的味道

在这朵小花面前我第一次
变得无地自容，渴望收留的目光
游移在花朵的边缘

抵达
DIDA

那朵小花是故乡的妈妈

亲手栽在故乡的小院

从未走远

原载于《诗林》2015年第4期

抵
达
DIDA

即便如此，我还是愿意在下一个路口等你

我不能告诉你春起秋落逝水向东
那条岔道口旁手捏衣角的男孩
怎样呆呆的检视你曾经的脚印
由温变凉，渐次无痕

兰花裙裾先于背影到达
总是在上学的路口扮作偶遇
总是从放学的路上悄悄跟起
总是刻意保持一段落差的距离

清瘦的男孩儿冬衣依旧短小
七年的狗皮帽子比羞涩还羞涩
心事尚未走到瞳孔前就已折返
表白潜伏梦中

马尾辫盘做远方的新娘
回忆一截连着一截枯萎，而路口
从未停止过遥望
故事等待一个结局

多年以后的一次同学聚会
埋在村口榆树下二十年的心事
被红酒泄漏，女孩儿笑得
花枝乱颤，说：当初我怎么不知道

多彩的世界需要松绑

我们常常在细节中盘旋，我们夸大
生活的维度，忽视一片桑叶与树干的关系
我们把自己缠得密不透风，根本不在意树干的
外面，舒畅而明媚的阳光以及温润的空气
我们自觉体面地穿行在老树之上，而老树
逼仄地挤在无边的森林之中，抢夺天空

盘旋在整片森林之上的是我们偶尔放飞的
灵魂，麻木地端详成群的肉体尸横遍野
在历史中逐一还原成为各种颜色的泥土

每一双眼睛都希望探出土层张望属于自己的季节
黑色的、黄色的、忠诚的、狡诈的
僵硬的、雀跃的、伸展的、扭曲的
即使阳光的羽翼无法覆盖的洞穴
依然会有生命的线索飞进飞出

所有的道路都不在意死亡的再次踩踏
没有灵魂的肉体从来不追问关于生命的线索

天空从容的笼盖四野，探视一颗细胞
从树根爬上树梢，演变成为季节的标志
看那树梢间吐露的花蕊，模仿婴儿探向
世界的手指，一切都那么新鲜而陌生
会有那么一处净土让我们的心灵
干净地生长。阳光、雨水、空气
一切有关生态的传说都和纯净有关

而我们也不会把一生的经验编织成各色饰物
殷勤而亲热地套在孩子的颈项之上

魔术助演

你打开这世界好奇心的瞬间，我甚至
还没有完全准备好出演的道具
我煞有介事地配合着你的神秘
迎合观众们的掌声和惊呼

我反复重复着简单成就你的经典
不管在大幕的左边还是右边

你在隆重谢幕的时候
道具般的微笑依然排练我的脸上
你不断变换你的套路，犹如
遥不可知的命运
在对我们的遗忘中公众深刻了你
我的章节没有任何发挥
遵循着你的节奏

是我人生的高潮此起彼伏

我常常无法抑制还原你的冲动

却始终心甘情愿地维护着世间的规则

这辈子注定你是我的魔术我是你的助演

哪段基因是我生命的辉煌

无论你以怎样的目光打量我
我的存在都是我祖先繁衍上最大的成功

我和祖先之间是姓氏的延续
还是体验的轮回，无数哲人还在争执，总之
祖先的基因沿着崎岖的天路走向我

历史的河流流到哪里枯成干裂的河床
在典籍中没用清晰的线索
而永远延续可能是他们最朴实的愿望

我相信身边的所有生命
都在努力完成种子的使命
在艰难的延续中你捕食我
我诱杀你，成功的标志
总是盖有当代的印记
而后　灰飞烟灭

在这个世界上我争来了什么
失却什么　在我成为
后人祖先的时候
可能变得毫无意义

抵达
DIDA

呐 喊 无 声

祖母被太阳旗辱奸的地方
怒了半个世纪之后
我那说着日本话的中国妹妹
如一捆青涩的麦子
骄傲地躺在倭夷的怀里陶醉的灌浆

祖父血迹未干的操场上
插满膏药旗的厂房发散着各色诱惑
倒在万人坑里我的叔叔、大爷们
拳头上还在挥舞哽咽的呐喊

血淋淋的日子被挑在刺刀尖上
在教科书中被书写成了亲善
靖国神社里从未间断疯狂的朝拜

抵
达
DIDA

而那些看起来满脸胭脂的灵魂
被铜臭打扮得花枝招展
九一八低沉的警报回响在迪厅上空

中华民族　我的母亲
早该把你复仇的眼睛睁开

钓鱼岛，我希望你是一支扣动的扳机
这粒子弹在国人的心中分明已埋得太久
太久

抵
DIDA
达

拼爹时代

你在我的身边
自豪地举起奖杯
我麻木着僵硬的微笑为你欢呼

原来你是一支队伍
是一出娘胎就被武装的队伍
我裸露着青涩的脚踝和苍白的背景
与你并行

你时常笑我饥肠慌不择路的窘态
我时常在婆娑的泪眼中
读你身上我不懂的各色商标

我的身后躲着一队怯怯的眼神
营养不良的脊梁和胸脯
难以形成挺拔的优势

我没有权力埋怨我们的父亲
更没有权力指责你们的父亲
在某一场比赛中
我的父亲　输过

父亲半睁着惭愧的眼睛一路叹息着
离开这个色彩缤纷的世界
临走前他神秘地告诉我
风水轮流……

我不知道父亲说的那个日子
何时来到
我依然在掌声和赞美声中
为你献上硕大的花环

强　拆

城市在女人的睫毛之间酣睡
光脚的民工迷离在工棚之外
发泄着白日里搬运过的呵斥与无奈
工棚里的呼噜声大作，点燃铺角
一双带黑洞的袜子，散发着
这个城市疯狂井发之后囤积的废气
这个味道在开发商的别墅内
无法捕捉
只有午夜的诗人带着些许伤感
没有来由地摆弄着文字

这城市本可以睡得更好
你的一声尖叫让整个城市的心提了起来
你光溜溜的形象　丝毫没有了
往日里的淑女与恬静
你说你的精神，被一个项目

强暴了。挖掘机强硬地伸进你的身体
血淋淋的事实，会在某个早晨
消失得一干二净

你强势的尖叫引发了城市短暂的混乱
你的叫声把午夜湮没

我在另外的一个城市
阅读你的故事难以成眠
我的处境在你的叫声还未结束之前
提前预演
我的精神早已做好了搏斗的准备
黑夜里
我不知道对手是谁
只知道你的叫声，一声比一声
凄厉
我认真地看一下头上的表
准确的时间是
夜里一点钟

土地、土地

赶早班的蝙蝠倒挂在公交车上
飞奔的人群颠簸在轮胎之外
他们在追赶着城市的节奏
早已没有了往日的淡定与从容
巨大的离心泵悬在半空
到处有被吸到城市来的身影
裤腿的泥巴还未洗净就开始奔跑
在奔跑中试图甩掉巨大的惶恐
他们养了多年的孩子被征用了
没有了土地的农民　犹如
失去了草原的牧民
游走在城市的边缘

灰色的背景下高楼林立
那里没有他们的庄稼

抵达
DIDA

奔跑在生活边缘的农民

手里举着轻飘飘的硬币高呼

土地、土地

原载于《海燕》2016年第10期

抵达
DIDA

我 看 见

在黄世仁左呼右拥的妻妾群中

我一眼看见了喜儿

五光十色的背景下

做着海飞丝一类柔顺的广告

海娃的儿子依旧放牧在羊群的后面

一辆大车侧翻在向北的寒秋里

参与哄抢的人们汗流如注

绝望的货主艰难地

搀起黄昏里倒地的大娘

过往的人群行色匆匆

他们的奋斗大多用来偿还房贷　经不起

碰瓷儿的一声脆裂

我看见一大群人召开分赃大会

犹大把手中的钱袋裹上一层证书

金色耀眼　和抗议失地的横幅

遥相呼应

3月26号一个叫海子的诗人

在山海关的呜咽声中

苍凉地把高傲的头颅交给了

冰冷的铁轨

一个时代，呼啸而过

原载于《北方文学》2015年第2期

抵达
DIDA

与被天空和梦想遗忘的种子对话

在春天之前的土层下面蜷缩，借助一只蚯蚓的
心事将思想放大，你看不见阴郁的天空和
乡村之间流淌的生离和死别，期待躺在五指山
下的草丛之间肆意横生，听春雷滚过头顶

你找不到一个辉煌的故事渲染人生，田野中
忘记收割的一株玉米远没有你的背景凄凉
你的生长一直和沉重有关，身边的一副白骨
是沙场上曾经所向披靡的将军，空洞的
口腔里长满绵延的历史，在他的故事里
你变得愈加沉重。一只羔羊在虎群里无助地张望远方

朝野之外是一场盛人的晚宴
还是厮杀，杯子里盛满谁的鲜血
取决于一条幸运的精子游向何方

抵达
DIDA

最平等的抚慰是皎洁的月光，让所有的
窃窃私语变得理直气壮，你从无人可知的
角落探出灵魂，期待生命可以自由呼吸
历史在这里被称作断层，不过
是有关你和家族的历史，对黑暗的适应
使你的耳朵和牙齿变得异常敏锐
春雷本来就类似轰轰烈烈的分娩
引发土地上一阵阵干裂的宫缩
在沟壑间肆意流淌的羊水中，有一粒
种子，在低声歌唱，追赶着阳光和麦田

于是，你渴望被时光撕裂，被一支钉耙
把真相毫无保留地呈现给阳光以及岁月
完成你在这个世界最后一桩小小的心愿

原载于《诗林》2015年第4期

抵达
DIDA

现　实

黑夜的思想

犹如一段褐色的煤层

埋藏在石头与黄金之间

灵魂与诗在梦境中挣扎

脆弱的灵感，在矿工们的敲敲打打之间

淡远

仿佛身体在岸边

心在水中

街角卖大碗牛肉面的

这个女人

通体是诗

在角色与角色之间

残酷的主体若隐若现

其实

别说插曲与结局无关

起点往往决定终点

吃碗牛肉面与去哪个星级宾馆
完成豪华的午餐
与境外的一场赌球未必无关
你的命运只要不妨碍别人的命运
一切都好似毫无关联

也许下一次报幕
隆重出台的就是早已粉墨的你

而卖大碗牛肉面的那个女人
依旧，歪在街边的拐角
犹如无人欣赏的野花
晾晒着她空荡荡的激情与脸色

她说她的思想正在接近
一个诗人的思想
感觉被一种趋势笼络
身体扭曲成无人能懂的角度
而此时——
街心高层的媒体正在播送一则消息
傍晚的演出正式取消

以诗歌的名义许个愿

那些在公交车上挤的
失却平仄的亲们
请你们相信
迟早有一天
你们会无忧无虑地在我的诗歌里
出出进进

你们被汗水浸透的理想
被冻透了的笑容
散落的胭脂以及迟来的青春
还有秋天里被误捉的咸猪手
包括昨天晚上持续发酵的
那些心酸的往事
都会在我的诗歌里找到华丽的披风
转身成为世纪的贵族

抵达
DIDA

你们精神上的老茧还有略弯的双腿
也会蓬勃重生

借助你们人性的光辉
逐一点亮我心灵的空间

只是我还没有准备好苍凉的文字
为你们的到来接风

抵达
DIDA

错　位

我清晰地看见英雄的头颅
高高挂在历史的城墙上
不断闪耀着某种主义的光芒

头颅上面的天空是虚拟的写意
淌血的古墨
以悲剧的水韵穿过宣纸

那是你成长的世界
到处生长着潮水般的崇拜
直到舞台
在喊杀声和掌声间经典般地退去
为你拉开的帷幕依然无法落下

其实，我出生的时候就带来了剧本
降生在没有图腾的年代

原载于《北方文学》2014年第11期

有一种痛，在呜咽

读一首诗歌，

进入时你是一个人，

离开时你是另一个人。

——爱尔兰诗人　保罗·穆顿

读一首好诗
口腔回旋一种品尝的冲动
天籁般的感受以滋味的方式
贯穿我的神经

我知道那是心灵寻找心灵的味道
细微的呼唤犹如来自远方振翅的蝴蝶
感受，常常考问我的词汇
盘膝、闭上眼睛让心升腾
在飘忽间能够看到已逝的身影
在三十年前的泥屋兴奋涂鸦

冲澡的过程我小心翼翼
唯恐残存的诗意逃离膨胀的肉身

拥挤的人群在市井追打枯瘦的思想
蓬头垢面的诗歌在清醒的时刻
无法遁身

疲惫的泡沫还在人为地上升
银行的账户显然比诗歌
更有魅力
当脚不能为大脑服务的时候
我不知道眼睛能不能
走得更远

春天的风已经在上个世纪吹过了
不知枝头还能否再绿

而呜咽的人仍然愿意相信
诗歌依然是他最华贵的粮食

与我青涩的童年对话

孩子，在春天尚未到来之前我希望
你保持足够的克制，我担心你柔嫩的
双足无法在残冬中站立的太久

已经有人站过，已经有人因此被截去了立场
黝黑的脚趾鲜明地挂在历史的门楣

还有围观的人不解地阐明
跌破脚踝的种种疑问

道路是方向也是陷阱，长满鲜花的地方
不一定都是你该驻足的地方
有些路径宁愿荒芜

请收起你一脸的无辜，这是一个
充满血腥的游戏，孩子，你还不懂
杀人的快感围猎的荣光，以这样的

姿态闯入人群周围会响起各种捕食的声音

必须准备足够的时间在历史中
来回走走，你的双臂更容易长成桅杆
或者旗帜，只是你还很小，做个
平凡的人对你没有什么坏处

如果有幸在某一天折返与你相遇
我一定会把所有的经历编成一双草鞋
贴近你的掌心我会陪你躲开荆棘和碎石
让你的人生不再重复我经历的种种遗憾

面对青涩的童年
有无数的话语充塞我半百的喉咙

抵
达
DIDA

致空门中的李娜

你一定是想把高贵和完美修炼到极致
你把重复的日子毅然删节，让经典
停留在红尘之中演绎一段无人超越的高度

谁把你派到这个世界，谁引导你走向
人生难懂的顿悟，如一枝开向人间的昙花
谁让我在荆棘丛生的路上遇见了你以及
你的歌声。谁用每一个咏叹把我无情击倒
又深情扶起。让禅意伴着慨叹丛生

我没有走向你的勇气，道路闪闪发光
映照着日渐萎缩的皮囊，我的道路
在这个时空和你没有幸运地交叉

通往心灵的栅栏已是你身后的风景
你的身影越来越高越来越远

是不是有人超越你早已不在乎，你在
另一个境界中完美着你的轮回，在你的
歌声里我清晰地照见了自己的俗

骑手丹青

——致著名国画大师吴团良

你的灵魂虔诚的匍匐在那片生养你的土地
久久不肯离开。你满含泪水亲吻那湛蓝的
天空和一望无际的绿，亲吻呼伦贝尔、毡包、奶茶
亲吻马头琴、亲吻长调，亲吻每一份熟悉的乡音

你要把这一切描绘给母亲，描绘给世界
描绘给所有奔流着草原血液的亲人
你的画笔一生都被来自故乡的骏马放牧
雪域风情的每一处点染都印满你的担当
你激荡的心也在酣畅的线条间觅见了你的根

远方的牧民幸福地定格在你诗意的水墨间
你用爱的色彩让她们的眉梢绽放春天
就连草原上的风雪也被你描绘成
长生天馈赠给英雄的漫天礼花

抵达
DIDA

你的马在你的笔下俊美的像青春的少年

你说它是你的兄弟，链接着你的童年

你的马在你的画笔下龙一样的奔腾

你说它载着一个游牧民族生生不息的精神

骆驼，藏獒，装满故事的牛车

从你的梦境走来复又走进你的画卷

你让它们骄傲地行走在全世界的展厅

让五湖四海的朋友饱览一个民族的历史长卷

你让非洲的象群沐浴皎洁的月光

让古埃及少女重新散发多元的芬芳

你向世界递上了骑手丹青的名片

世界的舞台爆发出经久的掌声

你用谦和的微笑回应了四方的喝彩

低调的人生让所有轻狂无处容身

你高耸在色彩以及意境的云端

博大的精神装裱了我无数次的仰望

追 随 图 腾

——致赫哲族鱼皮画传承大师张琳

在额尔古纳河右岸茂密的丛林里
你和北极村那个叫迟子建的作家从未失散
那个被称为萨满的神灵一手牵着你俩
一手绘制着鄂温克族、赫哲族千百年来的图腾

在迟子建的文字里我看见了你的鱼皮画
在你的鱼皮画里我看到了通往圣地的虔诚与朝拜
那年你告别所有来自现实的各种诱惑
驾着"乌木日沉"①沿着赫哲族人的历史逆流而上
用半生的坚韧与孤独寻找你的黑金部落

缝制嫁衣的手是母亲的手，粗糙却灵巧
散发着乌苏里江充满神赐的味道
在期待父亲扛回大马哈鱼的身影映照黎明的瞬间
连夜完成她心中对所有儿女们最圣洁的祈愿

---

① 乌木日沉：赫哲人自己动手制作的桦皮船。

而后和父亲安详地合上眼帘躺在生命的高坡
看他的儿孙们和一条充满机缘的鱼一起生长
完成图腾飞翔过程中六千年灵性的完美接力

你明白活着和死去不排除是两种衬托
生命的哲学总是在历史的缝隙间顽强的生长
你在寻找中突然发现历史的河流越来越宽
那里的人物、风情以及独特的文化
勾住你的鱼皮嫁衣让你无法返航，索性
你把自己嫁给了鱼皮画，你的孩子成为更精美的
鱼皮画，引四方世界纷纷前来朝拜
合上眼帘你没有丝毫的倦怠，你说
前方的路还在怂恿你走向历史的深处
望着你身边来自大草原的丈夫
你说，我今生欠你一个长久的拥抱

原载于《小兴安岭文学》2016年第2期

抵达
DIDA

长鹰的眼睛已然锁定远方

——送刘杨同志赴京高就

既然每一个站台，都有
高高扬起却缓缓落下的手臂
既然每一次的交杯我们都满含深情
既然远方已向我们发出起航的邀请
就让我们的手臂扬得再高些

就让今天的每一个场景直抵心灵

说过之后才知道有很多话还没有说
送了一程才知人生到处都有话别的长亭
纷纷攘攘的世界我们时时面临着聚聚分分
而今，翅膀剑指长空
时钟是慈祥的长者，一切都将与飞翔有关

远方是我们锁定的梦想，期待
眼睛与眼睛的重逢，而明天的畅想

在美酒与夜色的碰撞中提前入场
我们清楚地看见，一只凌风的长鹰
带着朋友们的祝福，飞向高远的天空

献给诗人及喜欢诗歌的傻瓜们

一群人，五颜六色
前赴后继，站在街角
向红尘中的过客兜售他们的诗歌

大多数人没有停步
他们的目的地与文字无关

还有一些人向他们的队伍中
扔下一些散碎的钱币
唏嘘着离开
也有一群人
挤在雨伞下面
等待签名

街角这些人互相间称为诗人
不是小贩也不是银行家

这些人的身上或多或少都有伤口
形状不一而足
很多伤口来自背后

很多坚持不住的人已经倒下
历史的巷道深处尸横遍野

总有一些人要先于当代死去
一缕青烟在他们的身上
誓言般飘起或者飘落

来自伤口的祈愿

如果我的双手伸出后能够如愿
变成一双翅膀，有天使般的羽毛的
那种翅膀，我最想做的就是用我的身躯
遮蔽你流红的伤口，还要最先
找到你伤口下的眼睛，那孩童
般的清澈最无法和七月的阳光抗衡

那双眼睛是暗夜中用来照亮心灵的
染上一丝凡尘就容易让你看不清世界

我还会轻轻抚住你的额头
让你的心事顺利还原为心情

我可能不小心会触碰到你的泪水
对不起，我知道那是最难言的倾诉
我深深知道那东西流过心底的滋味

放心，我会信守诺言，让那滴泪水
永驻我的掌心，那将是我珍存的夜明珠

我知道你是被你的奋斗所击伤
你的奋斗就是希望把文字码成真理
你的坚持在抵达对方心灵之前
遭到来自心术的坚决抵制
昨天和今天都无法验证你的真理
而真理尚在远方露出狡黠的微笑

你躺在自己的伤口下喘息
伤口的深处还有茁壮的流言和蜚语
肆意地爬进爬出油头粉面

我只想作为一片阴凉凌空护住
你的呻吟以及狼群围困下的无助

可你是否知道，我的伤口一直以来
都伴随着你的伤口一起延伸

抵达
DIDA

想到这些，我不寒而栗

只是暂时逃离那座水牢，铁窗外的
皮鞭发出蟒蛇的冷笑声
水牢的高度低于欲望，命运谜一样
埋伏在四周，矛指向无处躲藏的
肉身和精神，水牢中全是低下的
头颅。无法看清入册前谁的
得意与失意，罪恶的脸浴室般的赤裸
这里无关宗教，只收留忏悔
有人因此长跪在一朵莲蓬面前

逃离的路如同漫长的产道，漫长到
足以忘却铁壁中的誓言
水牢有着子宫前的经历
心脏不再跳动之后，许多人还会
回到这里，交代用奶粉毒死的婴儿
因贪婪而杀死的空气，一切世间的恶
有可能还会寻找时机设法逃离

抵达
DIDA

在看守的眼里，囚犯仅仅

逃离了一瞬，于我们却是一生

写给往事

我知道有一颗沾满幽怨的子弹
迟早会从你的眼睛里射出

被你的花瓣染红，我自知
毫无退路
这其实意味着对另一朵花瓣的
背叛

故事也不是多么的推陈出新
结局却惊人地相似

这是一首掺和叹息的摇滚
掌声胎死在高潮的路上

我希望射中我的那颗子弹
会从我的背后进入

那样，在我扑向大地的瞬间
能向天空做一次虔诚的忏悔

也没有机会转过身去
面对你破碎的爱情

与女神同行的日子

最初没有想到旅途这么远这么久，最初
以为风光只在最远处旖旎，最初没有
觉出旅途也会有疲劳孤独和忧伤
最初没有感受到同乘的你就是人们
一直寻找最美词汇赞美的女神

你是我最远处的风景，愈发变得清晰
直到你顽强地走进我的梦中不忍醒来

风雪颠簸坎坷所有的遭遇逆袭为经久的歌声
萦绕我的日子明快的冬去春来，还有
引我穿越巅峰走向幸福时刻的路径
如清风徐来杨柳拂面，舒展每一根神经的酣畅

与你同行的日子明媚的我时时想放声
歌唱，一步也不想离开你青春的视野

我在暗自庆幸上天的恩赐却发现你在
下一站已经做好下车的准备，我在犹豫
是不是和你一起下车和你一起
天涯海角，你的告别阳光般挥来

折返回来，坐在我身旁的空位已是我剧情般的
想象，你的背影渐行渐远
多少年后我恍惚看见月台上一名坚定的老者
挽着你的故事穿过人生的甬道，抛却无数遗憾
脚印开满春天的花朵，五颜六色
摇曳在我无奈的叹息声中隆隆作响

抵达
DIDA

元月二日　我用诗歌唤醒文字

就在昨天，我绷紧了一年的文字
相约溜出大脑，穿过
窗棂、雪花、问候、翅膀上的思想

在海边，褪去所有的修饰，与
美人鱼的传说一起畅游，偶尔
攀上高高的棕榈，倾听情侣们
圣经前的誓言

钻进爱斯基摩人的皮裤子下面
从特朗斯特罗姆的诗行中探出

在方舟的甲板上捡回一截橄榄枝
重新回到世界的消息，醉卧耶路撒冷
虔诚的石阶上面，面具印满厮杀或者
狂欢。它们甚至攀缘到结绳的年代
把自己点燃

元月二日，我不能等待
我担心这么贪玩，它们会逃离
逃离酣睡的皮囊，孤独的台灯
放大事物的眼镜，逃离
一个个咬碎笔帽的失眠

今天，我用诗歌喊它们回来
它们阴沉着冰川一般的表情
回到我身边，一脸无奈
继续陪我扮演钻头、火枪、赞美、教父
也包括垃圾

行走在历史深处

在落日之前你坚持走在树荫的深处
你说尽头一定会有一片洁净的土地
那里，常年绽放着鲜花，绽放着理想
有温暖而公平的阳光时时散发着迷人的色彩
如此你年复一年走在道路的边缘

你突然想起黑色的丧服簇拥下的一次集体送葬
彼此没有话语只有默默地看着散落的黑烟在翻腾
逝者为大，飘向云端的灵魂开始没有欲望的舒展
心事沾满深秋的花粉，等待围观的人在四季传播
而走在各色路上的行者脚步匆匆，就连
河水告别母岸撕心裂肺的挽歌也无法让他
驻足。曾经的激情散落在干裂的土地之上
太阳依旧注视着这颗不断上升着灵魂的广场
和月亮以及星斗轮番倾听着寻找真理的声音
那些所谓众生正在加紧制造消灭自己的武器
还有一些看起来胆子比较迷你的面孔，纷纷
涌进教堂、涌进寺院、涌进给心灵制造阴凉的地方

翻开树荫的深处，你突然发现许多命是用来革的
所有的道路都浸满了鲜血，历史的轮子就是最好的例证
而繁华不过是夜幕下歌女裙边的一杯暗红色饮品

你在无人能懂的舞台上彩排着你的思想
想象着来自宇宙惊雷般的一声喝彩

而在历史的深处，有一支暗绿色的箭头已经
开始瞄准，射中你的弥留只是太阳下山后的事情

原载于《诗林》2015年第4期

抵达
DIDA

冬　雪

那场突如其来的雪
在我毫无准备之下
温情地飘过来

原以为只是冬日里一份平常的礼物
却瞬间弥漫了我的一生

让我莫名其妙地跟着你
洁白起来

于是，我化为一缕雾凇
静静地挂在树梢
在你每天走过的地方
默默感受你晶莹的微笑
在你不曾留意的地方
我注视着你

如果你哪天不从我的面前走过
泪水就会漫过昨天的记忆
直到你再次的出现

我才知道
原来，从春天
我就一直在等你

挥之不去的那些老歌

那险恶的人在作曲的时候
就在音符里暗藏了无数的钩
让一大堆年轻的故事和桃色的回忆
不知不觉地在那钩子上幸福的失身

或许是一个致命的尾音
或许是一个欢快的前奏
那段情感瞬间被那些老歌套牢

那愉悦的片段已经随岁月走远
却常常隐藏在记忆的拐角处
伸出一方手帕发出致命的诱惑
淡淡的香味让我的耳根不由变软
那一刻
熟悉的旋律和经历赤裸着回到我的面前
说是雨巷中最深情的一次回眸

惊醒的时刻

我发现自己潜伏在一首老歌中

低眉躬身

在岁月的上游

寻找来时的路

原载于《诗林》2014年第2期

那个狠心离开我的人一路走好

母亲头上骤增的白发
是您突然离世的伤
在此之前，我从未想过
您会狠心地离我而去
真的，我没有想过

在我的视线中我曾把您的身躯
和山做过比较，虽没有那么高
但一样的伟岸

我不知道该不该向您忏悔
为别人的父亲送葬我常常
参加，可我从未联想到您
在我的心里您真的不会离我而去

我向您保证，父亲
在您离开我之前

我的眼泪从没有当众流过
就像我认识您以后没有看见
您曾哭过一样
不知道我多大的时候，您
告诉我，男人不应该哭
自那以后我的泪腺逐日风干
连哭的表情也埋藏在了心里
我知道一旦我的眼泪流出
您对我的希望就会大打折扣
我知道我和您之间
是一个家族的两个男人之间的追逐
我和您的背影相隔了几十年
我知道有一天我们会在某一个地方
再次相遇

先生嘱咐我不要在您下葬的时候
流泪，可我的眼泪失去了您的监管
无论如何也不在我的控制之内
透过哽咽
我模糊地看见您安详的面容
从容地面对着黄土
就像您的后背曾从容地面对蓝天一样

在您的身后，您的孩子

没有恐惧 没有饥寒

您像所有的父亲一样把自己打造

成遮风挡雨的山

作为鲁班的传人

您一生为别人盖了无数的房子

最后您的腰也变成了房脊的模样

您须发皆白了，望着我的眼神

突然有了孩子般的依恋

我开始痛恨岁月

父亲，我不经意的一句话

让您晚年失去了吸烟的乐趣

早知道您定然要离我而去

我何苦向您讲述戒烟的好处

我知道，您是为了能更多的和我们在一起

我不知道您在离开我们的时候

曾和死神做过怎样的挣扎

父亲 在这个世界上我永远失去了您

作为男人 我多年无法流出的泪水

一下子流干了 双眼变成了

干涸的河床，回忆如同沙粒一样沉淀

我知道　我给您写多少诗

也无法让您回来，如同

在街角给您烧多少纸钱

也都是我的一厢情愿

在流星的眼里，我们

不知道是谁划过谁的一生

父亲　我知道您在天堂里

睁大着眼睛在看我

几十年后　我会沿着您的足迹

去您那里祈求您再做我的父亲

作为向导，您一定

在另一个世界为我准备着

下一个轮回的人生教案

小镇记忆（组诗）

小镇叫六屯

黄土　马粪的味道覆盖土院　土炕
掉渣的土话　房上的苔藓和墙根下
蹲坐的老者和土坯比着皱纹
孩子的脸上是土豆的麻

楼房 歌厅　十字架
平整的马路，传说一样遥远

牛马和小镇的人一样干瘦
饭馆的厨师是小镇唯一的胖子

小镇堆满了死一般的空气
家长里短　隔年的垃圾
唯一干净的是被割除的

抵达
DIDA

资本主义尾巴

高中生红着脸走上讲台
孩子们在土坯桌上深情地书写
我爱北京天安门

偶有汽车开过小镇
风景是追撵的孩子和狂吠的狗

小镇最大的骄傲
先有六屯　后有县城
接着才有哈尔滨

一次偷吃

一个小男孩儿，怯生生的
抓了一小把儿化肥，怯生生
放到嘴里一粒，一个同伴高呼
郭富山偷吃生产队白糖

于是有人围观　于是大家七嘴八舌
古怪的笑声富裕了那个贫瘠的年代

男孩儿的眼泪由此流满花季
因为那粒化肥
真他娘的不是
糖的味道

王二老爷

长工出殡撒的是薄薄的纸钱
王二老爷大限时，一路
抛的是袁世凯肥硕的头像

长工的老婆粗衣烂衫
王二老爷的八个姨太太
个个胭脂锦缎

长工的腿脚是场院里生长的木桩
王二老爷的车轮不染一尘

长工家的院墙像褪到脚脖的裤衩
王二老爷家的炮楼建在树梢

官府欲将县城建在本镇
王二老爷说那会坏了这里的风水
镇险些变成村

王二老爷的光芒照耀半个世纪

小镇的每一个胡同　孩童　房脊上的蒿草

都生长着王二老爷的哲学

如今　王二老爷的坟已长满水稻

他的孙子　据说

在珠海打工

小镇支书

黑着脸　背手在镇里走上一圈

小镇当即没有孩子的哭闹声

毛驴把像马一样倔强的头埋进木桩

小镇的男人睡了谁家的女人

支书会和民兵的绳子一起赶到

村里人都说支书和妇女主任

总在偷偷开会　传达的内容

只有支书知道

支书不识几个字

支书的兜盖上总闪着

两管钢笔的光芒

村里有上等人家杀猪
头把椅子必然留给支书
猪的主人也会背手走上几圈

日子就这么自然而然地生长
支书的腰身几度高过村里的旗杆

突然有一年，支书在分产到户的现场
矮下腰身，他找不到自己家
荒芜的责任田
妇女主任改嫁去了城里

以后，村里只有杀猪的叫声
不见支书的踪影

小镇国骂

你妈跟着大老丘　这句国骂
风靡小镇二十多年　小镇的孩子
张嘴就骂这一句，无人幸免
杀猪的大老丘莫名其妙地
跟着幸福了二十多年

大老丘孤身一人，后腰
一把杀猪刀　是他常年的伴侣

大老丘年轻时的女友叫作小芳
在和下乡青年返城的路上
被遗忘在庞龙的歌声里
大老丘的爱情就像小镇的庄稼
只收一茬

大老丘逢人便说一个人悠哉
却偷偷把猪下水放到马寡妇门前
两天后把野狗吃剩的残渣拎回
他听到了门里村支书毫不背人的
大嗓门儿

原载于《岁月》2016年第11期

抓
DIDA
达

发将如雪，犹念少时一梦

我在上游，叠一蓬纸船

你在下游捧起时，刚好长发齐腰

刚好待字闺中

刚好有通红通红的盖头

被一只手颤抖着掀起

刚好有一张脸，如你

满月的荷，向洞房仰起

以后的日子，你轻轻托起一弯月牙儿

把日子轻轻挂在牙尖

如同挂在小土屋外的一串子辣椒

一面红得像心跳，一面绿得如相拥

还会有一大堆小星星

酣睡在月牙儿的怀抱

听你弹奏琵琶、古筝，藕荷色的指

发如雪，集满一路故事

你会陪我回到上游

回到那男孩痴痴发呆的地方

看那个男孩的心事 如溺水的纸船

从未启航

我有故事，你可有酒？

原载于《诗歌月刊》2016年第11期

抵达
DIDA

活　回　去

把花白的头发活成毛茸茸的胎毛
让经历的雨还原为云朵　闪电还原为传说
梨花退为蕾

把双肩活成充盈的气球　所有的
重还给岁月　把眼睛交给心灵
让两种色彩主宰道路　白天的白
黑夜的黑

把根交给树叶　交给接生婆
交给两小无猜

让舌尖只认识母乳
把耳朵藏进音符

吐出五脏六腑的不洁
血还原为纯净的小溪

抵达
DIDA

还有腿　退回方舟
把此生的罪洗净

还要把沾满伤痕的沟回
还原为一张雪白的纸

唯有心　无论怎样退
都必须是最初的颜色

原载于《诗歌月刊》2016年第11期

江湖那么远，如何忘

对不起，上辈子我恨过
恨没有飞到月亮上面
伸出翅膀，扯住你长舞的袖

今生，我谢谢你
在我满是相思的季节里
你放过了我

花蕾居于花蕾之外
溪水各自奔流
天空没有誓言
柳絮自在的飞

不幸的是，有一天
还是被你寄给我的一张照片
击中，被你
脸上流动的泉水击中

抵达
DIDA

被你呼出的花香

击中，被你岁月里深情的凝望

击中，仰面朝天，无力还手

伤口喷溅

恰似今夜的

漫天礼花

原载于《诗歌月刊》2016年第11期

抵达
DIDA

午　后

号码翻成怨妇
电话无人接听

能接电话的那个人
用整整一个下午拼命修补
清晨打碎的一只瓷碗

那个人也可能和一只猴子
比赛爬高　模仿中有生计的
诱惑

那个人也可能风一样寻找
那些被他称为朋友的小屋
林立的楼盘窗棂紧闭

那个人也可能搬起喘着

粗气的鞋跟　向一片踩碎的雪

问询通往墓地的路

手里握紧送给自己的鲜花

最后一枝的白

那个人想用一个

下午走完半生

一场雪比一场更接近消失

那个人会不会偶尔也想掏出手机

给这个下午打个无人接听的电话

画　　像

我降生以后
父亲有了另外一个名字
富山他大
母亲一辈子都这样
称呼

富山他大十二岁给富人家
放驴，他大的大据说当过
东北军，四十岁娶富山他奶
六十岁去黄泉找他的大帅了
富山他大十六岁就成了
那个家的房梁，年幼的叔叔们
栖息在窝里，等着地里刨食的
父亲回来

富山他大给每个叔叔搭好小窝
自己才开始经营四下漏风的生活
生产队的账上总是红字
每天八角钱的工分养不活
五口人的胃，富山他大
成了全镇最能想法致富的人
资本主义尾巴割了
一茬又一茬

富山他大去修水库了
母亲总是偷偷煮好几枚鸡蛋
富山他大去邻居家帮工了
家里的饭菜又素了几分
富山他大下河捕鱼了
家里总有一碗姜汤凉了又温
富山他大血糖高了
家里再也不见一只甜瓜

富山他大听说富山判案了
告诉富山别人的东西再好咱不要
一碗水要像他用过的水平尺一样
不差分毫

六十七岁的夏日，富山他大去找
他大了，母亲如今说起父亲
依然是富山他大，只是
多了几分轻叹

这样的大片，请问谁是导演

接下来，所有的肿瘤医院
会不会像当年的野战医院一样拥挤
忙碌，两腮泛红的姑娘会不会紧急加入
护士的队伍

到处都是呻吟不止的伤员，绷带
血浆，手术室，四处都在告急
还不断有人被雾霾击中，被抬进来的
还有他们微薄的积蓄

当年的担架队都还强壮，而现在的
救护车如同迷路的羊羔，找不到路口
看不清红灯，拥堵在溃逃的路上

战线覆盖了所有版图，覆盖了清晨和黄昏
覆盖了四季，天空在退缩，消失
老人，孩子，脆弱的肺无法躲过
就像庞贝躲不过上帝的咒语

这是一场压倒众生的战争，没有枪声
没有弹片，只有黑色的硝烟
参与了一场空前的掠夺，城市
村庄，无一幸免

那蓝蓝的天空呢，那清清的湖水呢
那月光下的凤尾竹呢，那一响起
就让人热血沸腾的军号声呢

黑鸽子，白鸽子，会不会在寻找
橄榄枝的路上都变成了死鸽子

抵
达
DIDA

墓碑上的蚂蚁

一只小蚂蚁向山顶进发
山峰刻满奇形怪状的碑文，其实
那山，没有高过一个人的胸口，那群
蚂蚁，把一粒米顶在头顶
用一片树叶作为华盖，沿着墓碑
上的文字，它们寻找它们的真谛

掩埋摔到山脚的同伴
依旧在它们的山峰上身影撂着
身影，毫不在意举头
有没有三尺神明

塋碑的脚下不时有鲜花开放
蚁族的穴就在鲜花之侧
我时常分不清，那墓碑上的蚂蚁
是它在爬，还是我在爬

祈　　祷

救护车哭着从飞落的尘埃间疾驶
而过。车顶的光绝望地开合，仿佛
一双双陷入惊恐的眼

我多么希望，那车上根本没有一具
瓷一样的躯体。最好是驾车的司机
在人世间虚张声势

午夜，是一把锋利的刀

我喜欢在午夜时分，手起
刀落　把自己，一分为二
一半交给白，一半交给黑
一半交给左，一半交给右

前和后也要各分　半，可以
不完全均匀，但大体相当
也可以把我的一半交给天使
把另一半交给恶魔，我这样
亲自动手比较痛快，任由
它们后半夜撕开我，会血肉模糊

如果谁都不要我，请把我
交给那个喜欢我的女子，她会
小心翼翼把我合二为一
然后，深情地拥在怀里

原载于《诗歌月刊》2016年第11期

抵达
DIDA

今夜，请允许我烂醉一场

把十年当作一天来过
从早晨就开始寻找你
把十年放大为一生
一辈子都在想你

对于天上的神来说，十年
是他们还没有摆好的棋盘
也许一壶茶在松下尚未煮热

这棋盘上，思念的两颗心
十年，不蹚楚歌，不越汉界
比和寂寞厮守还要孤单。今夜，我用
十年等你，你来了，我还未老

那神，手指未曾移动

我们早已绞在一处

把一壶老酒，杀得片甲不留

还有，围在我们身旁呐喊助阵的

那十年离殇

原载于《诗歌月刊》2016年第11期

抵达
DIDA

定是前生的约

那么多玫瑰花样的句子，我把它
写在云层之上，写成散落的珍珠
舞蹈的花瓣，盛装的油彩，你飞过的
瞬间，刚好把它们串成诗，或串成一幅画
或者是一帘一帘的幽梦

那是我的天空，随处都有你的航线
你飞过时，翅膀刚好擦过那些诗句
贪婪的文字在你天使般的羽翼下
呼吸彩虹的味道

四蹄生风的枣红马
在无边的森林里，跑成
一团火的模样，你让他知道
追赶是多么的幸福

你是在飞往一座宫殿

还是要穿越年轮的肌理回归

生命的叶脉，那里有你的披风

有你黑色的战马吗？

告诉你，你不许提前降落，不许先我

一步抵达爱情，我的诗歌里没有

你离去的跑道，只有灿若夏花的

胸膛，随时等着你

俯冲下来

原载于《诗东北》2016秋季卷

抵
达
DIDA

8月26日气温突然有些冷

这是要诏告一道消息吗
季节明明有些泛青
信鸽刚离开指尖，远方尚远
一个季节还没展开，就要
被另一个季节覆盖了吗

是不是夏日里所有的寻觅，都会
在这里找到相应的结果，是不是
所有的等待都会有最新的消息

我问一片草叶，草叶说它的故事
还在等待结局。我转问一片花瓣
花瓣流着泪告诉我，没有发生的事情
无法预料

露水会把早起的裤脚打湿吗？
那蓝衣少年是否依旧行走

在回乡的路上，他背负的
行囊是否还斜插着一支硕大的风车

一只鸟，扮作信鸽的模样
飞过小溪，飞过树，飞过夏的
天空，让眺望变得火热
那水做的信箱可曾安好
这一天微微有点凉，慢热的你
在远方，能否知道

抵
达
DIDA

分　手

那娟秀的心思曾写满合欢的树叶
寒露一催，满地碎裂的誓言
深秋里最后一只蚊子，叮在刚刚
吻过的唇上，舌尖距离语言山高路远

云层越积越厚，目光猜不透星子的
心事。桥坍缩成一截白发
此刻，夜的小路堆满黑色火药
一点儿回忆闯进来，就会引爆
长久的思念和无辜的月牙

影子已经开始退却，找不到一处
山坳可以遁形，还有重叠过的午夜
还是引爆吧，把该炸的尽早炸掉
满树的石榴，满山的枫叶，满眼的呢喃

抵达
DIDA

何尝不是一朵云烟

飘过眼前，浓浓淡淡的
水墨，蔓舒的水袖
或是夜里的一声叹息
某个早晨的一声惊喜
或虚或实的笑容绽满江湖
或明或暗的道路隐隐约约，老人紧紧
拉着小儿的手，百年不过瞬间

谷壳与小米相伴一生
终究也会走进不同的世界，鱼
在一只鱼缸里面游，我们在
外面游

我们把生命交给了水，火焰
成为另一个轮回的起点
幸亏还有一抹披肩
在远方扬起了爱的

信号，有一条小溪

通往天堂

原谅这世界，还是让这世界原谅

你，清脆的木鱼，教堂的

钟声，长在墓碑旁的

小草，或许会告诉你

一朵云烟，飘过谁的眼前

谁又飘过一朵云烟

命

手机要了眼睛的命

点赞要了手指的命

舆论要了真相的命

鸡汤要了心灵的命

补课班要了家长的命

双十一要了腰包的命

造纸厂了小河的命

开发商要了绿地的命

飙车族要了人行道的命

出轨要了婚姻的命

三氯氰胺要了婴孩儿的命

雾霾要了空气的命

金子要了亲情的命

贪婪要了人类的命

哎！这世界怎和一只猫相比

据说，猫有九条命

原载于《琥珀诗报》2017年10月

走过大排档

新疆味，兰州味，川味的
炭火，把哈尔滨的夜色
烤出不同的味道，满大街
都是啤酒瓶里倒出的心事

夜灯下的嘴唇一片比一片
更像花朵，在举杯就干的号子里
齐刷刷的绽放，西餐厅里的
萨克斯，一曲比一曲远
一曲比一曲单

一只绵羊头老老实实
伏在肉案之上，一把刀熟练地
穿过旦旦信誓，作为呈堂
证供，它必须证明香油
来自芝麻的体内

有个叫金刚山的地方，据说
整夜有人排队，半熟的羊腰子
猪腰子，牛腰子忙乎了一夜
那个管你叫大舅的服务员告诉你
他的爸爸每天凌晨开始清扫大街
后半夜时常可以看见很多
抱着路灯杆唱歌的人

此时我蜷缩在床上
昨夜和谁对饮
我已失忆

宿迁印象

——作于宿迁乾隆行宫

三百年前谁在宿迁的戏台
扮演了谁，谁在台下发出
正黄色的喝彩，迷倒运河两岸
千里麦香

双塔的风铃，夜夜倾听
红墙碧瓦的心跳声，响成龙案之上的
一盏宫灯，燃尽宫女纯净之血
斑驳的碑文书写万里河山

一腔柳琴，沿黄河古道
弯弯曲曲唱到项氏故里
似在等故人千里寻来
为霸楚的英气引吭安魂

那虞姬，舞起的长袖

必定沾满江东的柔肠

今天的骆马湖依然荡漾

美人的秋波

戏台早已不是当年的戏台

历史还在这片热土次第展开

千年古槐已出落成江南女子

帝王的寝宫，龙床冷寒

踏进宫门，不过一双百姓的眼睛

踱出来，心中却塞满帝王的心事

原载于《诗林》2016年第5期

抵达
DIDA

柳　琴　戏

戏台不大，离民间不到一米
骆马湖畔的小大哥小大姐
飞身一跃，就成了黄河古道
拉魂的人。乾隆没有这福分
五幸宿迁，侍寝的王姑
少了几分柳叶琴的味道
只有水做的宿迁滋润了
君王的夜。西楚霸王的弓
张开在项王故里，有个叫李清照的
婉约女子有幸中箭。人杰，鬼雄，随乌骓的
一声悲嘶，让柳叶琴的鸣奏充满了颤音

那个挽着竹篓假装出门挖菜的女子
红红的盖头被哪个摇橹的后生
搂进了柳琴戏里，又是哪个手指
牵了哪个衣袖羞涩地走过心动的舞台

抵达
DIDA

幕布在双塔的脚下展开

八千子弟浴血的喊杀

虞姬脸颊飞过的彩虹

黄河古道铜色的纤影

朱瑞将军的一声炮响

还有每一寸土地的荡气回肠

都未走远，柳琴戏里都有他们

安插的音符

原载于《诗林》2016年第5期

抵达
DIDA

窑湾古镇

干一碗窑湾绿豆烧，半条运河
就醉倒在骆马湖怀里
醒来的运河解下腰间玉佩
成就了窑湾的陶

千年的窑湾孵化多少孔窑，哪孔
窑烧出东周，哪孔烧出楚汉
哪孔烧出精忠报国的印记
系满红绳的老槐一定记得
巷子里黝亮的石板路
一定记得

窑湾的楼很青，青到早起的
女子懒得画眉。窑湾的巷
很窄，窄到只许细长的回忆
可以进入

岳飞从这里走过，朱元璋

从这里走过，三五成群的

传道士以上帝的名义

也从这里走过

乾隆走过时，这里的绿豆烧

成了贡酒

还有各州府的富贾们

从这里走过

这里就成了苏北小上海

我不知道隋炀帝从没从这里走过。我不知道

他穿越到今天听到后世一片唾骂声，还会不会

开凿这浩浩的运河，没有了这运河

还会不会有这盛名的

窑湾古镇

原载于《诗林》2016年第5期

这夜，我什么都不去想

空气凝成果冻，我在
宇宙这巨大的子宫中
把时间死死压在身下，这个夜晚
我什么都不想

不去想和山峰争论谁高低的
问题，不去想和星星一同
选美，谁更懂潜规则，不去想
和一只狂奔的鸵鸟谁更能迅速
接近成功

不去想远处的风声
预示未来有什么消息，不去想太阳
明天会不会照常混过一天
不去想母亲离开地球
留给人间什么启示

不去想身边蜷缩的轻鼾

梦着谁的呼吸，不去想

羞处的树叶是否足够

光鲜，不去想行走在羊群中

有没有一只羌笛来自

淘气的牛背

不去想隔壁各色的身体

以怎样的姿势繁衍着历史

不去想背上的石头压弯

谁一生的叹息

鼠的眼泪打湿夜的米袋

非洲的秃鹫离弥留的女孩

更近一步，一颗子弹飞过

教堂的上空，天路上有人在虔诚的

跪拜

这夜是我，我是这夜

这夜似乎有很多话，这夜

什么都没说，这夜只反复叨念着一句

我什么都不想

原载于《岁月》2017年2月

177

比你那时还快

——致木心

今天的锁更加精美

密码冗长不易记

脸和指纹有了新用途

开锁的贼人

只需几秒

如今马都放南山了

车不停地提速

邮寄一段心事

只需要动一下食指

结婚和离婚

相当于经过两个窗口

一夜之间就可以诞生

无数次爱情

现在人貌似诚诚恳恳

说十句也不顶一句了

午　睡

躺在这个叫作五月的床上
抚摸，绿油油的夏风
如果，这一觉我不再
醒来，就会有白发的妈妈
抓破，每件衣服的胸口
把失子的晚年
撕成条状

就会有一个白皙的女人
搂着半张床，红肿眼膜
从黑夜的坑里挣扎着往黎明爬

儿子
窄窄的肩背瞬间成了
裸露的岩石
亲人的心灵会有
大大小小的伤口

好友们会难过上一阵子
他们再喝酒时会倒在地上一杯
然后说，那个哥们儿走得有点早

也可能有人会把欠我的钱
还给儿子，我和朋友之间的
来往，没有借条

还可能有一个人，蜷缩在
某个夜里，喃喃地对墙壁说
我有一种说不出的冷

哈尔滨的上空会多出一缕
可以忽略不计的青烟
天空依旧是那个天空
多一个墓碑对于放羊的孩子
只会少了一块牧草

有一个世界，从此，成了
漏天的房子，夏天淋雨
冬天雪飘

这一切，都取决我
能不能及时地醒来

原　罪

你看，她欺骗了上帝
有人指着一滩黑色的雪水
对一群尖利的白牙说

那白牙以更白的姿态宣告
我的成长从未模仿过她的颜色
她必须向世界还回公主的封号

腊月里的风吹过呆立的
路灯、空空的瓦砾，一夜之间
雪已然被吹成白发的样子
那雪，在江湖中找不到落脚的
半张小床，以及半个张开的臂膀
把贞洁吞噬的霾已死无对证
判词中一副模棱两可的腔调
看似罪无可恕

她小心绕过篱笆，绕过靛青的染缸

本打算绕过炎热的六月，在冬季到来

之前，轮回成水

不料，又被一场大雪压在下面

抵达
DIDA

心甘情愿

你说你叫远方，骗了我一百首
情诗，还说每一首诗里
不能藏有爱的字样
你说那字一说出，站台就不远了
不能有大颗大颗的泪水，你说有拂干露水的
微风就够了。你说那诗里也不准
有挡住思念的山峰，你说你喜欢
一泻千里的月光

今晚的月亮圆了，你说担心
没有诗的季节日子会沦陷，就
任它钻进云层离去
亲，这样的夜色你怎么可以舍弃
你知道吗？这样的诗，我百年才得一首

原载于《诗东北》2016年冬之卷

专家会诊

救护车的叫声有些慌乱

庞杂的脚步声里推出

一张丘陵的脸

外科主任：患者生命体征

不稳，骨骼奇硬，长期

负重，喉头粗大，无明显外伤

内科主任：患者的胃部塞满了

奇形怪状的文字，持续发酵

胃内容物大部呈酸性

妇科主任：患者性别多变

他能种植高山，也能分娩

河流。关键时还能给干裂的田野哺乳

影像主任：患者的脏腑有淬火的痕迹

肺部塞满煤渣，谎言和淤积的呼喊
心脏附近似有陈旧的裂痕

神经科主任：患者的神经比麦田里的
麦芒还要丰富，疼痛的反应
如疯长的沙漠，插进草原深处

法医：患者生前什么职业？
众声：诗人

原载于《琥珀诗报》2017年10月

抵达
DIDA

写进我血液里的那个字

与食物不同，据说那些五谷在肠道
二次吸收就会产生黑色的毒素
沿着髓腔、毛孔以及额顶的白发
那毒会长成岁月里的伤

而你给我的那一个字，我愿意
一生都在我的体内存留，用全部的
细胞咀嚼，直至把每一个
笔画拆解，磨碎，在余生里
还原为一个眼神、一次招手、一场
五月的花事。如果那是毒
我愿意一口饮尽

不仅如此，我还要把造这个
字的人，神一般地合在掌心，写
满额头，让晨钟暮鼓知道
我每一次的叩拜
都轻唤你的名字

原载于《琥珀诗报》2017年10月

天 下 苍 生

一只老蚊子在出租屋顶守候
他知道，那个人会在路灯亮起时
跌跌撞撞地赶回来

此时，没有沾满螃蟹味、月饼味
红酒味的纸箱可以收购，没有
意大利真皮沙发可以搬运，没有
阳光见证他脱了数层皮的后背
脖颈，以及洒在脚面上的汗滴

这个时候他必须收工，为挎兜
里的纸币找到床脚的铁箱，那里
锁着他的命

之后想想山里留守的老父亲
想想稻田里埋头插秧的老婆
还有生下来就没见过他的五岁的儿子

很多时候他来不及多想，困意就把他摁倒
有时他不愿意细想，他怕一声叹息
会挡住回乡的路

这个人身上满是城市的味道，衣衫
上粘满各色眼光，他的浴室
是孩提时村外的大坑

他用膝盖丈量过漆黑的矿井
卖给砖厂的契约至今没能赎回
他拼命地从一个希望逃向另一个
希望。他的关节因为变形而僵直，疼痛
如同压碎的土豆

老蚊子有时看到这个人伤疤摞着
伤疤，思量着如何把一根针扎进
他麻木的生活。那些细皮嫩肉的皮肤
都住在云层里，蚊子飞不到那个高度
这个夏天这只衰老的蚊子，与
还算年轻的他竟有了相依为命的
感觉。而今夜，那个人没有回来

自问自答皆因无人倾听

——观纪录片《我的诗篇》

你为什么要不停地写诗
面对倾斜的阳光
我有话要说

那只火上烤着的小猪
为什么不写诗
因为，它们有话说不出

那么多的雪飘向每一座城市
和乡村，飘过每一声叹息和疼痛
不该留下一点儿声音吗？
那么多的脚印在流浪，流浪在
迷途和张望之间，青丝与白发之间
呼吸与消散之间。不该留下
一首歌吗？

六百五十米深处的一声巨响
有黑色的金子和白色的死亡
那消息就不该传到人间吗?

这些诗远远的，来自风景之外
来自岩缝的深处，来自
一行行倔强的文字和绝望的告别
同样的文字，不同的瘀伤

还有那些不会写诗的，那些
在深谷和峭壁上爬行的民工
他们有话无法说出

丢　失

大（dai）卫，大卫，大卫
一声比一声焦急
一声比一声嘶哑

大卫，大卫，大
而后是一阵号啕
小区里，一个手持狗绳的
女孩儿，疯一样地
找她的孩子

告　　别

告别母亲的宫殿是最初的
开始，来路断开，我们头也
不回。而后，不停地挥手

告别细雨、落叶
告别荆棘、花蕊、白色裙裾的海岸线
告别夹在日记本里的糖纸
老照片，誓言，还有每一封书信
过期或尚未过期的船票

告别一个个路口，告别每一个告别
亲人、朋友、还有一些不相干的
人和事物。或者陪了我们十年的
狗，也许是一匹马，一只被
不慎拍落的蜜蜂

如同列车告别站台，汽笛告别岸

他们比我们幸运，至少

明天还可以从这里路过

擦干挂在眼角的泪痕，我们

依旧从每一个清晨上路

直到，有一天，身边的人

空气，阳光，渐远的呼声

和停止生长的年轮

与我们告别！

最好，在另一个世界，我们

能和告过别的所有相见，以零点几克的

重量，紧紧地拥抱

亲吻他们的额头，或者脚趾

告诉他们，留在这个世界

我们是多么的坚强

抵达
DIDA

有一滴眼泪总也擦不干

奶奶没了，我跟着大人哭
死就是大红的棺材，白色的
灵幡，就是吹吹打打的长队

父亲没了，风跟着我哭
死断了我的来路，掀翻了天
我成了旷野里奔跑的树

透过时光，我清楚地看见
命运的天空忽晴忽阴，而身上的
叶子总被岁月粗暴地扯下
亲人，朋友，同路的
树根下一片压着一片

光秃秃的树干，一滴泪水
未及擦干，另一滴竟然接着流出

原载于《琥珀诗报》2017年10月

抵达
DIDA

第　八　日

起初，深渊上一片黑暗

神说：要有光，就

有了光。神说：要有

水，水就滋长万物

地上和天空之中，有

鸟雀、畜生、昆虫

在伊甸，神栽了一个

园子，然后造了男人和女人

这样过了七日

到了第八日。光呢？水呢？

鸟雀呢？畜生和昆虫呢？那爬行的

飞翔的，都退回空虚混沌了吗

我只看见一群褴褛的人，把

自己装扮成各种猛兽，在干涸的

纪年间

相互厮杀

心　声

如果我是一条鱼

此生注定要被你钓住

我唯一的愿望

就是用你的美丽做饵

让我在痛苦的过程中感受快乐

如果我是一条鱼

今生已被你钓住

我唯一的一个愿望

就是希望你的温柔是篓

在心海里总也游不出你的回忆

在没有挣扎的日子里

感受生活的平静

在没有涛声的震撼中

体验浪漫的心语

此时，我正游向你

准备垂钓岸边那双美丽的眼睛

我却发现
你早已泪眼婆娑
高扬手臂
不知如何收留我漂泊的心事

收录于诗集《寻找诗歌史上的失踪者》

抵达
DIDA

男 性 瞳 孔

我们都倚着墙谁也没有动
一根柔藤颤颤的从你的瞳孔
探进我的瞳孔，月光湖上
有了一座浮桥

春夏秋冬在上面奔走
偶尔掉下去一滴
我们都默默把它吞下

月追逐流星穿过夜
柔藤枯为永久的距离
忽一日你告诉我远方有一座
流星堆，流星堆上的露珠
能复活一切
于是我去找

推开那一扇没有封面的门

目光奔腾起几千年没有变调的月夜

一帆风顺

你这样遥祝我

原载于1987年2月《春笋报》

乱　　象

把一场文字的狂欢打包，连同
吃剩的驴肉蒸饺，残留的口水
都搬回你们家去吧，反正它们不是我们的
把豆腐和萝卜一样的选票和奖杯
都搬回你们家去吧，反正那些也不是
真实的标志，把杯盘狼藉的山水和姿色
都搬你们家去吧，反正那些你们
已经染指了

把扭捏作态的文字带走
那些空洞的符号令世界作呕
把那些无中生有的掌声和
违心的喝彩也收拾走，花坛里
不可以插满塑料花朵

远远的，一地鸡毛，多像炒红的大作
乱乱的散发着午夜的腥味，上面

沾满互撕的牙印和虚伪的呻吟

还有那些自诩为诗人的暴露狂
别让你们的乳罩和内裤随意绽放
别让你们的意淫穿越大地山川

不要随便就标榜自己是著名的，除了
写诗的几个小混混，没有人认得你
那些发文化财的土豪们，请你们也
离诗歌远点

在你们消失得无影无踪之前，把一口气
给真正的诗人留下，一口满是
正义、悲悯、和爱的气，人世间
需要这些

抵达
DIDA

午夜，我悄悄溜上孩子们的滑梯

午夜，笨拙的身影从小区的
滑梯滑下，仿佛偷猎
借夜色，只为蹒跚更美

滑梯，像一座森严的城堡
冰冷冷地盘问我的来路，它们
只负责在白昼运送童稚的欢笑声

我拿不出路条，对不上口令
孩提时爬过的麦垛仅仅能够证明
一个潜伏在时光深处的童年
那滑过麦垛的身影燕子一般
倏地一声，几个小伙伴的喝彩声
就在天上了。妈妈不再大声
喊我回家吃饭，只在老家的街口
等一个没有规律的电话

那些星他们认得我，我不和他们
对话，假装自己是个急着赶路的人

若是白天，准会有孩子高喊
爷爷，你快下来，危险

此时，我不怕危险，不怕跌回
只有糠团的童年，不怕跌回最初的
开始，只怕一滑下来，无影无踪

抵
达
DIDA

决　战

睁开眼睛就被你指挥，包括梦境
一副陈年的骨架，一丛稀疏的毛发
一双每天早晨都要穿上的鞋

你一定觉得最初踏入这个世界
我眼睛里的陌生是好奇而不是恐惧
一个轮回的起点连着我最初的哭声

我不喜欢走在你规划的路线，不喜欢
被迫走在清早通往黄昏的路，不喜欢
站在美好事物的对面，不喜欢
深入到孤独的深处排遣孤独，像一只
雪野中里找不到归路的候鸟

我不喜欢用受伤的右臂抚摸左臂
不喜欢每一个词语从我的口中变得
更加空洞

抵达
DIDA

我不喜欢在花朵面前把自己
变成尘埃，不喜欢一份虚妄的幻象
穿透我的一生。不喜欢沙子一样
躺在沙漠中做着绿洲的梦

我不喜欢把日子叠加在背后，弯下腰
像跳板上埋头移动的砖垛，让
沉重变得更加沉重

我不喜欢所有的人最后
都变成同一个人，不喜欢所有的葱绿
最后都变成灰烬

而我所有的不喜欢都必须埋藏在
喜欢的后面，仿佛一切都津津有味
结局无非是彩排过的结果

此时，我光着脚，没有弹药
没有掩体，找不到你的
软肋，我甚至知道体力
也在你的掌控之中

抵达
DIDA

可我还是决定与你宣战

既然来时赤条条，也就不怕走时

少了一两件人间的饰物

抵达
DIDA

来生，做一回女人

一个素面朝天的女人
脂粉撒在河对岸，野花
斜插鬓角，对着小溪散开齐腰的
长发，梳理淡淡的体香

不关心一支眉笔的下落，即使
睫毛不够长，也绝不把眼睛粘成两柄
扇子，让微风自然抚过花蕾

不关心隔壁书生的头巾今天
换了什么颜色，路过他的门前
也不假装把绣花的手帕丢落

最好生在江南，好让心事水墨一般
穿过雨巷，细微的脚步声
让懂你的人能够远远地听见

调一张素琴，让三千音符舞蹈
把竹篱小院围得水泄不通，只给一个人
留一小窗半开的夜色

学会羞涩，让一张脸因为娇红而生动
有一点矜持，青春只给心爱的人打开
让出嫁的日子变得无比纯洁

爱你，并且要你爱我，哪怕
只是一瞬，依然
把它当作
一生

抵达
DIDA

诘　问

养在阳台上的那盆龙吐珠
我十天没有见到它，再见时
已有了深冬的模样

我不停地用两湾泉水为它灌溉
小心摘除卡在枝条间枯缩的
哭泣，阳台上落满失水的往事

我拿出年轻时和它的合影
深情而愉悦，仿佛一切都在
路上，我哼唱它熟悉的一首首情歌
江湖根本没有那么远，那么黑

我为它读托尔斯泰的《复活》
为它画欧·亨利最后的一片叶子
我甚至想把自己粉碎，腐烂，发酵
作为它重新生长青春的肥料，只有

花盆下的叹息从午夜传来

我承认我是它的刽子手，在盛夏的
阳光下行刑。我光着膀子的上身
多么贪婪而丑恶，我挥舞的欲望
多么像一条沾满鲜血的凶器

我开始准备对自己行刑，一场
喘息中的天葬，把皮和肉一条条
挂在枝上，让疼痛渗入骨髓
逼迫自己，说出这十日的去向

抵达
DIDA

不愿老去

一生长吗，起点到终点
一生短吗，起点连着终点

蚂蚁在路上，蒲公英在路上
一截掉落在裤子上的烟灰
在路上

消失的事物给你很多暗示，你
仍愿意相信明天的无比慷慨

水在你的身体里一滴一滴死去
脚下的路穿过你所有的经历，还有
你的天空，堆满了无奈和张望

在光阴的注视下，你的故事一层一层
隆起，又一层一层的陷落，路上的
事物不断被记起，被遗忘

在旷野上奔走，在床角里蜷缩

在天空或者地洞的深处

呻吟，微笑，或冥想

梦着，还是睁大眼睛做梦

那路都在不停倒流，逼近

终点。而当你明白了

其中的原理，其实，你早已

没有了岸，或者极力想抓住

岸上的一些景物

抵
DIDA
达

顿　悟

老去，从不服到服的一刹那，岁月
手持利器，而你徒手。最初，你以为
是和同类在争斗，和天空，大地
水，空气，一切叫作大自然的在争斗

直到有一天，你发现，你的对手
藏在日子的背后，有些晚。你行动开始
有些迟缓，思维有些迟钝，经过的
场景一再返回，眼前的事物开始
模糊。如一株草，由绿变黄
没有韧性，或如热锅中的一滴水

最初，是一具冰冷的骨架
你的温度被收回宇宙之间，你的
爱情，你的证书，你的笑声或者
眼泪，高潮或者低谷，统统还给
世界。而后变成一小袋灰，或慢慢的

变成尘埃。若遇天葬，你很快会变成
鹰的翅膀。若是海葬，能不能回到岸边
恐怕天空和海浪也不知道

到后来，连尘土也不是了
只剩下一个名字，（项羽灭掉的
那二十万人，曾经都有名字，黄河
决口淹掉的那些人，庞贝古城的火山灰
埋掉的那些人，也都有名字）再后来
名字也没有了，只剩下满世界的
后人，你的，我的
他的，众生的。

这没什么可以大惊小怪的
我写这诗，你读这诗时
我们都是时光的影子

隔壁的门咣当一声

连相对一笑也没有了
一场雪不认得另一场雪
锁比邻居变得更加可信

手机信号在陌生的心灵之间
勾肩搭背，电比爱情更让人依赖
宾馆紧急加开小时房

女人们开始宣布男人可睡
信封退化成随份子的红包
满大街都是棕榈叶一样的
睫毛和化妆的乞丐
寒冷的人们涌向街头，用燃起的
蜡烛互相取暖。他们高呼口号
以为自己在这个世界拥有
一叶草的位置

抵达
DIDA

抗议的声音细若游丝

誓言如同作坊里的馒头

雪白的让人生疑

人流行色匆匆，列车不停地

提速，情义抵达情义总是晚点

眼睛比猎犬警惕

岳父家盖房子，全村的人

都来帮忙，没有力气上房的老人

提来满筐的鸡蛋，鸭蛋，鹅蛋

如今，年轻人都去打工了，村庄的毛

掉得光秃秃的。鸡蛋，鸭蛋，鹅蛋

早没有本地味道的了

小区的宠物狗彼此热烈

遛狗的人更关心的是狗的去向

寻狗的叫声多过问候

隔壁的邻居陆续回屋，门咣当一声

反锁，楼道里的应急灯亮了多次

可门却再也没有打开过

家　信

父亲，多年不见，我不得不
抱歉地对您说，不是我不小心

红尘尚未及半，我就弄丢了长鬃、短尾
警觉的目。弄丢了肝胆，弄弯了脊骨，一张脸
风化成南山的石头，一张脸藏了成堆的
往事，一张脸绷成不停发出噪音的鼓

你最初见我时的模样，新鲜而干净
太阳走在上工路上，上工的人走在太阳里
我走在上工的人群。蛇在脱衣，苹果又红又绿
演示死亡或者重生。我模仿不了它的节奏
零件一路丢失，在看得见的，看不见的
事件里

抵达
DIDA

217

父亲啊，不要埋怨我，襁褓里的我多么无辜
而今，我学会了磨刀，擦枪，让邻居的小孩
因为一个饭团而流血

父亲，给您写这封信
就是想问你，我丢的那些零件是泥土做的吗
那样，我就会很欣慰，我已还给了泥土
是水做的也可以呀，我已还给了水

原载于《诗歌周刊》2017年4月

抵
DIDA
达

城市里可以看得见的良心

说到你，就不能不说到一场接着
一场的冰雪，一个又一个的长夜
一把短了又短的扫帚，铁锹，还有一次
一次冻得红肿弯曲的手

说到你，就不能不说到小山一样的垃圾
低廉的薪水，以及那么多不屑的目光
说到你就不能不想起镰刀、斧头
父亲母亲，以及草一样生长的乡亲

庆功宴闪烁的杯盏前我很少看见
你们。那散发着各色香味的大排档
不是你们的，美女主播说可以使人
年轻的燕窝不是你们的。那些人类
灵魂的工程师，那白衣天使，那卫士的
化身，那一切高大上的形容词，也
不是你的

在恶意丢下的烟头里我看见过你们，在
难民营一样的街道我见到过你们，在那些
被飞车撞毁的画面里我见到过你们
剩下的时间，我和这座城市一样，在你们劳作中
做着洁净的梦。幸好有热腾腾的店铺
请你们进入，幸好还有那么多的关注
让你们温暖，幸好有那么多的志愿者
不断壮大你们的队伍，而你们什么
也不说，水一样容易
满足，笑容在城市的大街小巷
缓缓流淌

我找不到一个恰当的词汇来
为你们立一座文字的丰碑

可我确知道，无论风雪怎样威逼、践踏
这生活的现实，你们从未出卖过
城市的良心

原载于《心弦诗刊》2017年第086期

春　分

有一天，即使有两匹马，我们
也只骑一匹。如果恰好有一匹是
枣红色的，我们就骑这匹，剩下的
那一匹，我们称他伴郎或者伴娘

你喜欢坐前面，我就用双手环扣你的体温
如果你喜欢骑在后面，我的背就是你藏宝的
床，那么多的呢喃怎可让风儿知道

如果有两个季节可以选择
我们就从春分这天出发，立秋的
时候，我们的身后，一路会有红红的果子

如果可以选择在白天或者夜晚出发
我选择在清晨，那时你年轻，我

可以在阳光下选择端详。到了
黄昏，假使你脸上有了一丝
皱纹，我会选择月色朦胧

冬天到了，我们就把自己跑成向阳高坡
把马放到南山上，左边江山，右边
田园。在婚纱的雪白下，把梦做的
和春天一样

我说的是假设。如果，连一匹马
也没有，我们就选择走着走。只要
这一路，能拉着你的手

原载于《心弦诗刊》2017年第086期

帝国游戏2

伐木工放倒一片片森林，采矿的
工人把最后一块矿石搬出洞外
一群农民在田地间撒籽，收割

一支马队驮着挥舞长矛的战士
在帝国边界拉锯式的厮杀，伐木工
采矿工，还有农民，把果实换成金币
把金币换成箭镞，盾牌，攻城车

后方的人们，上演着
清明上河图，他们打铁，种菜
在院子里吃大碗的稀饭，在小树林
后面偷偷地接吻，妇人们
忙着在河边浣洗衣裳

商旅的船队在海洋与陆地
之间商议着交换，海盗聚集在加勒比
看不清哪艘是曾经的铁达尼

有火器在试射，国王们手捏着下巴
端详着自己的版图，乞丐在
小巷中伸出一只残破不全的手
有歌舞和杂技在大剧院上演

一封书信在海上一荡一荡的飘
放文字于瓶中的那个人至今没有
尝到爱情的滋味，他试图忘记
两小无猜时的一场游戏

向日葵，冬小麦，追逐着太阳
追着追着就成了种子，孩子们
追赶父母的背影，追着追着，就
成了父亲，或者母亲

一切都很正常，连哲学家也这么
认为。一些爱幻想的人向天空
探头探脑，总有些东西让他们感到困惑

突然间，所有的影像瞬间停滞，仅仅
不到半秒，屏幕就黑透了，一切
都消失了。那个玩游戏的少年
拔下电源，去室外，踢他的足球
去了

记不得分手是哪一天

那时候，饿极了，才想起回家
早晨醒来，鼻孔还挂着你扬的灰
那时候，我们偷偷去村外的大坑洗澡
约定谁也不准告诉家长。那时候的
日子，是从你家的前院
疯到我家的后院，谁家的大门
都没有锁

那时候，我们一起逃学，一起站在
教室前陪老师讲课。那时好想长大，好想
像父亲一样，成为山巅，有着号令
一切的威严。那时候，我们一起走在
漂亮女生身后，那时候最大的冲动
是来自春天的一种模仿

那时候，从未想到此生过会分开，不知道
某些十字路口埋伏着无奈的转身，曾经

在春天的山野间丢失了你的踪影，根本不知道
还能不能在夏天的荫凉处再次找到你
那时候，不知道生命的轨道
是一个聚散无常的组合

到了晚秋，你的模样在记忆中停止了生长
我想象不出你现在的样子，我不知道
你会不会像风中飘落的种子，变成了哪一只
候鸟，栖息在哪一个称作家乡的异乡

我能相信的，就是到了冬天，我们
还会挤在一起，撕扯着身上的雪
隔着一些山水，一些凡尘，一些遥望
一起说说，小时候那些事儿

抵达
DIDA

截句一组

善良
是一匹温顺的白马，俊美的
眼睛时常含着泪水。那不是哭泣
是对一边抚摸她，一边鞭打她的事物
发自内心的怜悯

疯狗
它狂咬，在它的世界，有可能
是一种防卫。直到被乱棍打死
它都认为是正当的

走狗
许多人把狗视作朋友，倾注
亲人般的情感，唯独走狗
不管拿自己当英雄，还是狗熊
人类总把它当作狗屎

谣言

机关枪一般射出的唾液，像雾
像风，又像雨，看似很快夭折
却可以让腐烂的耳朵怀孕

心胸

这世间最无法统一的度量衡
宇宙可以在里面酣睡，一根发丝
也许根本无法穿过

狂躁

不排除是极度自卑或是
自傲受挫之后，所
表现出的一种气质

审判者

只想把天平变得向自己
倾斜。所有的法官
都是罪人

抵达
DIDA

回家过年（组诗）

饺　子

那时候不懂事，跪起来只比
土炕上的八仙桌高出一点点

家里的一只小猪摔死，父亲
没舍得扔，一锅烀猪肉是我
记忆中最香的伙食，太好吃的东西
容易让人没了底线，那次我
吃坏了

以后的十几年里，我见不得猪肉
闻不得肉香。饺子里有一点点肉渣
我只能远远地看

以后的日子，每到年节包饺子

妈妈都给我扒饺子皮吃，她不能
让她的孩子没了节日，丧失
吃饺子的尊严

如今，母亲老了，肉多的饺子
咽不下了。可我一次也没想起来
给母亲扒一顿饺子皮吃

妖　精

小时候家里养了一条狗，我
给他起名叫妖精，没有丝毫的
贬义，它妖一样的精

老家的狗是护院的家丁，抢一口
猪食就可以活命。老家的狗在主人
面前，有一种小心翼翼的自卑

而那条叫作妖精的狗，是我的
半条命。每天放学，远远地
坐在路边等我的，必是妖精
你喊一声妖精，它就变成了
一支箭

抵达
DIDA

妖精长成一条大狗，伶俐俊美
夜里恨不能去狗窝里看它一眼
却在一个早晨，永远离开它的窝
后来听说是被六队的马哑巴
偷吃的。我的半条命就在
那时没的

去年回老家过年，弟弟家
多了一条狗，好眼熟，弟弟
告诉我，他养的狗叫妖精

归　乡

家的前面加上一个老字，游子已
在外了。浓浓的，淡淡的就有了
乡愁的味道。就和抢票有了关系
和年夜有了关系
和娘亲有了关系

娘的前面加上一个老字
就有了思念的味道，眼泪的味道
剪不断的脐带的味道，还有总想多看
一眼的味道。不定什么时候

老家就变成了一条小道，一座墓碑，
一沓燃不尽的纸灰

而那些加上老字的房子，同学
邻居，还有情人，也在一本加上
老字的相册里撕扯着心房
最软的地方

饺子端上了，爆竹炸响了
父亲的酒杯斟满了，也不管
有没有一双手再端起，一口干掉
老家就又是家了

离开的时候，速度要尽量地快
越慢，娘亲在寒风中站的
就越久。几个转弯，老家又回到了梦里
隐退在乡音里，老娘又回到张望中，那些
你称为老的事物又凑在一起
开始商议你的下一个归期

原载于2018年第1期《星星》

南洼村寡妇

你在哪？天上，在天上
咋能说话，哦！我的天

过年回来吗？没有票？
那哪成！孩子的数学成绩和玉米的
价格都降了，去年的冻疮和
夜里的拽门声都让人痒死了

老爹这几天总去村口，老妈
张罗着要买几斤猪肉，等你
回来包香香的饺子。还有来年的
种子，化肥，涨价的农药
都等你回来。把他们搬回家

你在听吗？王老小的媳妇
跟收鹅毛的张三跑了，坐牢的
会计又回来下账了，老姨的
四个孩子今年又没人给她养老钱

隔壁的宝玉不念书了，过了年
要去城里打工。村子里除了
老人就剩小孩和几条老狗了

不说城里挣钱容易吗？你
怎么半年没往家寄过一次
别把钞票都给了做饭的家玉
她丈夫还没烧周呢

喂！喂！喂！你在哪
怎么不说话

飞机在北京上空徐徐降落

抵达
DIDA

1

那么多人，在霾中，眼里
含着泪，把头仰起，看一面
红旗在升起，那是我小时候的北京
天安门吗

2

我痛恨自己，连风都不如
如果我一口能够吞下所有的霾
我一定还北京人民一个
纯净的天空

3

如果飞机失事，据说会伤及
很多名流，那可比烧毁一百晌
小麦要严重得多，如果，必须
要失事，请去我的老家

4

北京好大好大，前后左右
一环套着一环，北京可也得
这么大，不然，那些赶路的人
住哪呢

5

北京那么大，不占耕地吗
没事儿，北京的粮食都是
外地运来的

6

下机的时候，那个热情了一路的
空中服务员提醒：请不要忘记贵重物品
我摸摸干瘪的衣兜笑了，里面除了
一张中华人民共和国居民身份证
没有值钱的东西了

7

接站的脸向我张望，一张比
一张陌生，没有我认识的，也
没有认识我的，还是出站吧，左拐，去吃
东北杀猪菜，那里，或许会有
我熟悉的乡音

英 雄 上 路

——悼侯铁男局长

文字失血，黑成纱，泪水
一遍遍抹去，一遍遍涌出
一杯浓茶，遗落人间

你经过的路，是赤子的温度
星光一样的眼睛穿透夜色
起早出行的人因此有了方向
平原上的两座山峰，从你的
肩头倒下，谁来遮挡失信的风
数字决口，责任田被泥石流
掩埋。执行、执行，后面总是挂着一个
难字。那个难字，在你那里变成了
男，变成田里的英雄。自此，你的
身影昼出夜归，你的
肩膀从未放下那副重担。破土的
秧苗，看到的是缕缕霞光，还有

清新的雨露。而你，忘记了给
自己的心脏，注入主人的关爱

那叩门声你一定是隐隐听到过
你不知道乐章会在哪里结束，于是
你透支了所有的音符。你的
周围歌声一直连着歌声，而今
这歌声变成了咏叹

我相信，英雄还未走远
你看到了吗？你的战友们
无声的哽咽，你看到了吗？
无数双握紧的誓言高举肩头

此时，大地上再次回响起激昂的
旋律，你听到了吗？那是与你一起
浴血的兄弟们啊！
再次吹响出发的号角，那里面啊
一阵阵传来，你的声音

抵达
DIDA

原载于2017年3月《人民法院报》

后　记

　　法律和诗歌是人类理想之树上两朵并蒂的花蕾，是诞生在同一张产床上的孪生兄妹，有着相同的精神内核和血脉。二者皆居我心之圣地。得其之一者，已属可贵。而今，我既做法官，又做诗人，自认十分幸运。

　　一个心灵打着诗歌烙印的法官，内心一定更加接近公平正义的本源。弹指间三十年，无论是在乡镇法庭做书记员，还是在高级法院做期刊编辑，无论从事刑民执行还是文字综合，诗歌都是引领我走向心灵高地的精神向导。

　　二十世纪八十年代中期，我的第一首小诗在报纸刊登，自此，诗就在我的生命中扎下了根。我坚定地认为，诗歌是灵魂的歌唱，是纯净心灵的震颤，是良知的一声呐喊。它可以是率性的，本真的，但必须是有思考的，有深度的，诗人是通过思考点燃灵感的。

诗歌是语言的领跑者，不是哲学，但承载了启迪人类心灵的功能。诗歌同其他文化一样，都有软实力的教化功能，但也不要过分夸大诗歌的功效，那样，会导致诗歌的畸形或演变成某种功能。那种小资式的自我滥情、个体灵魂的无度夸张，以及在虚无和幻灭之间，在揭露和怨怼之间寻找人生意义的呐喊，也委实难以承担如此沉重的社会责任。诗歌是高贵的，诗人是吞下黄连也要吐出蜂蜜的那个人，绝不是悲情歌手的卡拉OK，也不是吐槽阴暗的KTV。

创作油画要用油彩，创作国画要用宣纸，而诗歌写作当然也要用诗的语言，所谓诗的语言，就是要区别于大众语言、机关公文、口语化的工具性文字。诗歌的语言至少应当兼具优美、凝练、抒情等特质。

诗歌的繁荣固然有其特定的历史背景和内在规律，但富足未必就是诗歌的粮食。诗歌一定是有润化心灵的功效，但诗人本身的道德净化更为重要，做一个道德的领跑者比用龌龊的手炮制高贵的文字更让人钦佩。

与诗歌为伍三十年，依然感觉没有廓清她的真面容，只是偶然间感受到她的体温或冰或火，无论如何也不敢离她稍远，生怕心中那份纯净枯黄而致家园异常荒凉。自知路还很远，也知道许多人倾其一生也未必能够触摸到心中的圣坛，而依旧有人用身体丈量着朝拜的路。

出版一本属于自己的诗集是我多年来的一个梦想，而结集的愿望常常胎死于整理之中。我一直认为，出版是一件十分严肃的事情，要把自己最满意的作品呈现给读者。近期幸得几位好友鼓励，加之凌云小朋友又将我的诗稿编辑整理完毕，于是仗着胆子将稿件付梓。

孩子生出来了，无论丑俊，在我心中都是金子般的珍贵。

郭富山

2017年7月于哈尔滨

抵达
DIDA